溺愛《できあい》MAX《マックス》な
恋《こい》スペシャル♡ Sweet《スイート》

＊あいら＊先生超人気《せんせいちょうにんき》シリーズ大集合《だいしゅうごう》！

＊あいら＊・著
かなめもにか、茶乃《ちゃの》ひなの、朝香《あさか》のりこ・絵

JN167104

野いちごジュニア文庫

もくじ

クールな
生徒会長《せいとかいちょう》は
私《わたし》だけに
とびきり甘《あま》い
Dekiai 120% no koi
溺愛《できあい》120%の恋《こい》
~天使《てんし》の看病編《かんびょうへん》~

キャラクター紹介《しょうかい》

中《ちゅう》2

瀬名《せな》 湊《みなと》

サッカー部《ぶ》のエースと生徒会長《せいとかいちょう》を務《つと》めるクールなモテ男子《だんし》。女《おんな》ぎらいだが莉子《りこ》のことが大好《だいす》きで、莉子《りこ》にだけ甘《あま》い。

中《ちゅう》1

小森《こもり》 莉子《りこ》

がんばり屋《や》の女《おんな》の子《こ》。学校《がっこう》では保《ほ》健委員《けんいいん》をしていて、“保健室《ほけんしつ》の天《てん》使《し》”と呼《よ》ばれているほどモテモテ。

京壱《きょういち》

湊《みなと》の一《ひと》つ年下《としした》の弟《おとうと》。湊《みなと》と同《おな》じく好《す》きな子《こ》への独占欲《どくせんよく》が強《つよ》く、彼女《かのじょ》の乃々《のの》を愛《あい》しすぎている。

あらすじ
モテモテな湊《みなと》先輩《せんぱい》にとつぜん告白《こくはく》をされた莉子《りこ》。
大《だい》の女子《じょし》ぎらいで有名《ゆうめい》な湊《みなと》先輩《せんぱい》なのに、莉子《りこ》にだけは甘々《あまあま》♡
優《やさ》しい先輩《せんぱい》のことが莉子《りこ》も大好《だいす》きになり、付《つ》き合《あ》うことに……！
そんなある日《ひ》、
先輩《せんぱい》が熱《ねつ》を出《だ》しちゃって……？

緊急事態《きんきゅうじたい》

学校《がっこう》がお休《やす》みの土曜日《どようび》。一日予定《いちにちよてい》がないから、朝《あさ》からゆっくりしていた。
「今日《きょう》は何《なに》をしようかな〜」
ソファの上《うえ》でテレビを見《み》ながら、鼻歌《はなうた》まじりにつぶやいた。
湊先輩《みなとせんぱい》は、今頃部活《いまごろぶかつ》だろうな……。
がんばっている湊先輩《みなとせんぱい》を見習《みなら》って……私《わたし》も今日《きょう》は、勉強《べんきょう》しようかなっ。
——プルル、プルル。
あれ……電話《でんわ》？　誰《だれ》からだろう？
不思議《ふしぎ》に思《おも》ってスマホを取《と》ると、画面《がめん》に表示《ひょうじ》されていたのは「湊先輩《みなとせんぱい》」の名前《なまえ》だった。
湊先輩《みなとせんぱい》が急《きゅう》に電話《でんわ》をかけてくるなんてめずらしい。
それに、今《いま》は部活中《ぶかつちゅう》のはず……。もしかしたら、何《なに》かあったのかもしれない……。
心配《しんぱい》になって、すぐに電話《でんわ》に出《で》た。
『……もしもし、兄《にい》さんの彼女《かのじょ》ですか？』

……え？
電話越《でんわご》しに聞《き》こえたのは、あきらかに湊《みなと》先輩《せんぱい》ではない声《こえ》。
兄《にい》さんの彼女《かのじょ》……兄《にい》さん……。
『ああ、すみません。湊《みなと》の弟《おとうと》です』
お、弟《おとうと》さんっ……？
湊先輩《みなとせんぱい》の電話《でんわ》で弟《おとうと》さんから電話《でんわ》がかかってくるって……いったい何事《なにごと》だろうっ……？
「は、はい、お、お付《つ》き合《あ》いさせてもらってます、小森莉子《こもりりこ》といいます……！」
弟《おとうと》さんに失礼《しつれい》のないように、自己紹介《じこしょうかい》と返事《へんじ》をした。
『律儀《りちぎ》にありがとうございます。実《じつ》は、兄《にい》さんが風邪《かぜ》を引《ひ》いてしまって……』
湊先輩《みなとせんぱい》が……風邪《かぜ》？

一気《いっき》に心配《しんぱい》な気持《きも》ちがあふれ出《だ》して、思《おも》わずソファから立《た》ち上《あ》がった。

「だ、大丈夫《だいじょうぶ》ですか……!?」

『本人《ほんにん》は大丈夫《だいじょうぶ》って言《い》い張《は》ってるんですけど、高熱《こうねつ》で大丈夫《だいじょうぶ》じゃなさそうなので、看病《かんびょう》してやってくれませんか……?』

『おい、京壱《きょういち》……っ』

弟《おとうと》さんの後《うし》ろから、湊先輩《みなとせんぱい》の声《こえ》が聞《き》こえた。

『莉子《りこ》に、電話《でんわ》するなって……言《い》っただろ……』

苦《くる》しそうな声《こえ》に、胸《むね》が痛《いた》くなる。

『強《つよ》がらないほうがいいよ。風邪《かぜ》の時《とき》くらい素直《すなお》に甘《あま》えな』

『うるさい……莉子《りこ》、平気《へいき》だから……来《こ》なくて大丈夫《だいじょうぶ》』

そんな声《こえ》で大丈夫《だいじょうぶ》って言《い》われても、まったく説得力《せっとくりょく》がないよ……。

先輩《せんぱい》が頼《たの》みごとをするのが苦手《にがて》なのはもう十分《じゅうぶん》わかっているし、きっと私《わたし》に迷惑《めいわく》をかけたくないと思《おも》っているんだろう。

でも……恋人《こいびと》が辛《つら》い時《とき》に放《ほう》っておくなんてできるわけないっ……!

「あの、今《いま》からすぐに向《む》かいます!」

私《わたし》はそう返事《へんじ》をして、急《いそ》いで電話《でんわ》を出《で》た。

湊先輩《みなとせんぱい》の家《いえ》についてインターホンを押《お》すと、中《なか》から足音《あしおと》が聞《き》こえた。

すぐにドアが開《あ》いて、弟《おとうと》さんが現《あらわ》れる。

「こんにちは、来《き》てくれてありがとうございます」

久《ひさ》しぶりにお会《あ》いする弟《おとうと》さんは、相変《あいか》わらず絵本《えほん》の中《なか》から出《で》てきた王子様《おうじさま》みたいな爽《さわ》やかな笑顔《えがお》を浮《う》かべた。

「どうぞ、入《はい》ってください」

「お、おじゃましますっ……」

「兄《にい》さん、大好《だいす》きな彼女《かのじょ》が来《き》てくれたよ」

だ、大好《だいす》きな彼女《かのじょ》っ……？

家《いえ》に入《はい》らせてもらうと、すぐに布団《ふとん》で横《よこ》になっている湊先輩《みなとせんぱい》の姿《すがた》が見《み》えた。

「京壱《きょういち》、お前《まえ》……」

話《はな》すのも辛《つら》そうなのに、弟《おとうと》さんをにらみつけている湊先輩《みなとせんぱい》。

「事実《じじつ》でしょ。いつも無意識《むいしき》にのろけまくってるのに」

え……そ、そうなのっ……？

こんな時《とき》なのに、初《はじ》めて知《し》る事実《じじつ》に嬉《うれ》しいと感《かん》じてしまう。

「莉子《りこ》……こいつの言《い》うことは、聞《き》かなくていいから……」

湊《みなと》先輩《せんぱい》……本当《ほんとう》に辛《つら》そう……。

「ていうか……風邪《かぜ》がうつったら大変《たいへん》だから……来《き》てもらったのに悪《わる》いけど、帰《かえ》って……ごほっ、ゴホッ……」

話《はな》すのも辛《つら》いのか、力《ちから》ない声《こえ》でそう言《い》って、せき込《こ》んだ湊先輩《みなとせんぱい》。

私《わたし》は湊先輩《みなとせんぱい》に歩《あゆ》み寄《よ》って、そっと手《て》を伸《の》ばした。

「失礼《しつれい》します」と言《い》って、おでこに触《ふ》れる。

「……っ、すごい熱《ねつ》……病院《びょういん》に行《い》きましょう……！」

「さっき訪問医《ほうもんい》を呼《よ》んで診《み》てもらったんで、大丈夫《だいじょうぶ》です。流行病《はやりやまい》ではないし、ただの風邪《かぜ》ですって」

ほ、訪問医《ほうもんい》っ……？　もしかして弟《おとうと》さんって、お金持《かねも》ちなのかな……？

ひとまず、病気《びょうき》ではないみたいで安心《あんしん》した……。

「多分《たぶん》、寒《さむ》いのに薄着《うすぎ》で過《す》ごしてたんだと思《おも》います。兄《にい》さん冬《ふゆ》でも家《いえ》で半袖《はんそで》だし」

「……」

図星《ずぼし》なのか、湊先輩《みなとせんぱい》は気《き》まずそうに視線《しせん》をそらした。

た、たしかに、この前《まえ》も部活《ぶかつ》終《お》わりにジャージを着《き》ずに体操服《たいそうふく》で家《いえ》に帰《かえ》ってた……。

「予定《よてい》がなければ僕《ぼく》が看病《かんびょう》してあげたかったんですけど……今日《きょう》は彼女《かのじょ》とデートの予定《よてい》があって……」

「えっ……時間《じかん》は大丈夫《だいじょうぶ》ですか？　もしかして、彼女《かのじょ》さん待《ま》たせてるんじゃ……」

「……莉子《りこ》、そこはツッコむところだから……」

え……？

「ふふっ、優《やさ》しい彼女《かのじょ》さんだね」

「……お前《まえ》、デートと実《じつ》の兄《あに》、どっちが大事《だいじ》なんだよ……」

弟《おとうと》さんは、ニコッと微笑《ほほえ》んだ。

「もちろんデートに決《き》まってる。彼女《かのじょ》より大事《だいじ》なものなんてこの世《よ》に存在《そんざい》しないよ」

か、彼女《かのじょ》さんのこと、すごく大事《だいじ》にしてるんだなっ……。

「兄《にい》さんだってそうでしょ」

「……」

え……み、湊先輩《みなとせんぱい》も……？

「じゃあ、お互《たが》い様《さま》ってことで、僕《ぼく》はそろそろ帰《かえ》らせてもらいます。兄《にい》さんのこと、よろしくお願《ねが》いします」

カバンを持《も》った弟《おとうと》さんに、ぺこりとお辞儀《じぎ》した。

「はい……！　彼女《かのじょ》さんとデート、楽《たの》しんできてください！」

「ありがとうございます。あなたは兄《にい》さんに気《き》をつけてくださいね」

「え……？」

にっこりと笑顔《えがお》を残《のこ》して、帰《かえ》っていった弟《おとうと》さん。

気《き》をつけてってどういうことだろう……？

風邪《かぜ》がうつらないようにってことかな……？

「莉子《りこ》……呼《よ》び出《だ》して、ごめん……」

苦《くる》しそうな湊先輩《みなとせんぱい》に視線《しせん》を戻《もど》して、顔《かお》をのぞき込《こ》む。

顔《かお》、真《ま》っ青《さお》だ……。

「でも……本当《ほんとう》に大丈夫《だいじょうぶ》だから、今日《きょう》は帰《かえ》って……莉子《りこ》にうつったら、俺《おれ》嫌《いや》だし……」

「私《わたし》も、湊先輩《みなとせんぱい》をひとりで残《のこ》していくなんて嫌《いや》です」

きっと、今《いま》もすごく辛《つら》いだろうから……できることは少《すく》ないかもしれないけど、せめてそばにいたい。

私《わたし》は来《く》る途中《とちゅう》で買《か》ってきたマスクをとって、湊先輩《みなとせんぱい》に見《み》せた。

「マ、マスクちゃんとするので、ここにいさせてくれませんか……？」

熱《ねつ》で意識《いしき》もぼんやりしているのか、少《すこ》しうつろな湊先輩《みなとせんぱい》の瞳《ひとみ》。

その瞳《ひとみ》が、ふっと細《ほそ》められた。

「……うん、ありがとう……」

よかった……。

湊先輩《みなとせんぱい》の手《て》が伸《の》びてきて、私《わたし》の手《て》に重《かさ》なる。

「本当《ほんとう》は……熱《ねつ》のせいか……ちょっと、心細《こころぼそ》かったかも……」

──ドキッ。

み、湊先輩《みなとせんぱい》……かわいいっ……。

こんな時《とき》に不謹慎《ふきんしん》かもしれないけど、レアすぎる湊先輩《みなとせんぱい》にきゅんとしてしまう。

「大丈夫《だいじょうぶ》ですよ。治《なお》るまで、ずっといます」

私《わたし》は重《かさ》ねられた手《て》を握《にぎ》って、そっと微笑《ほほえ》んだ。

保健室《ほけんしつ》の天使《てんし》【side《サイド》 湊《みなと》】

違和感《いわかん》を覚《おぼ》えたのは、昨日《きのう》の夜《よる》から。

体《からだ》が重《おも》いなとは思《おも》っていたけど、寝《ね》れば治《なお》ると思《おも》って早《はや》く布団《ふとん》に入《はい》った。

そして……朝起《あさお》きたら、体《からだ》が動《うご》かないほど重《おも》かった。

さすがに熱《ねつ》が出《で》ているとわかって、どうしようかと悩《なや》んでいた時《とき》に、恋人《こいびと》と旅行《りょこう》に行《い》ったお土産《みやげ》とやらを持《も》ってきてくれた京壱《きょういち》がタイミングよく現《あらわ》れた。

「39．2度《ど》……こんな高熱《こうねつ》、久《ひさ》しぶりに見《み》たよ」

「……」

「また薄着《うすぎ》で過《す》ごしてたんでしょ？　暑《あつ》がりなのは知《し》ってるけど、さすがに冬《ふゆ》は着込《きこ》まないと風邪《かぜ》ひくよ」

母親《ははおや》みたいに、ぐちぐち文句《もんく》を言《い》ってくる京壱《きょういち》。

「……わかったから、もう帰《かえ》れ」

「ひどい言《い》い方《かた》。言《い》われなくても、一時間後《いちじかんご》に乃々《のの》と約束《やくそく》してるから帰《かえ》るよ」

〝乃々《のの》〟っていうのは、京壱《きょういち》の恋人《こいびと》だ。

こいつは人《ひと》の心《こころ》がないのかってくらい冷淡《れいたん》で他人《たにん》に興味《きょうみ》がないけど、恋人《こいびと》のことだけは溺愛《できあい》している。俺《おれ》でもたまに怖《こわ》くなるくらい。

ていうか、別《べつ》にそんな事情《じじょう》は聞《き》いてないし、教《おし》えてくれなくていい。

弟《おとうと》の恋愛事情《れんあいじじょう》とか、知《し》りたくないし。

「どうしようかな……このままひとりにして、死《し》なれても困《こま》るし……」

物騒《ぶっそう》なこと言《い》うな……。

そう言《い》ってやりたかったけど、言《い》う元気《げんき》もなかった。

頭《あたま》、痛《いた》い……。

「あ、そうだ。スマホ貸《か》して」

俺《おれ》の返事《へんじ》も聞《き》かずに、スマホを奪《うば》った京壱《きょういち》。

「おい、なにす……」

「彼女《かのじょ》に来《き》てもらおうよ」

……は？

「やめろ……うつったら、困《こま》るだろ……」

こんな苦《くる》しい思《おも》いを、莉子《りこ》に味《あじ》わわせたくない。

「そんなこと言《い》ってられる状態《じょうたい》じゃないって」

まるで黙《だま》っていろとでも言《い》うように、俺《おれ》を見《み》て手《て》をひらひらさせた京壱《きょういち》。

結局《けっきょく》、京壱《きょういち》が電話《でんわ》して、莉子《りこ》は律儀《りちぎ》に家《いえ》に来《き》てくれた。

「じゃあ、お互《たが》い様《さま》ってことで、僕《ぼく》はそろそろ帰《かえ》らせてもらいます。兄《にい》さんのこと、よろしくお願《ねが》いします」

彼女《かのじょ》との予定《よてい》があるとか言《い》って、とっとと帰《かえ》ろうとしている京壱《きょういち》。

偶然《ぐうぜん》とはいえ来《き》てくれて助《たす》かったし、感謝《かんしゃ》はしてるけど……素直《すなお》に礼《れい》を言《い》いたくない気《き》分《ぶん》だった。

「はい……！　彼女《かのじょ》さんとデート、楽《たの》しんできてください！」

純粋《じゅんすい》な莉子《りこ》にほだされたのか、京壱《きょういち》の笑顔《えがお》にはいつものようなトゲがない。

「ありがとうございます。あなたは兄《にい》さんに気《き》をつけてくださいね」

「え……？」

……余計《よけい》なこと言《い》いやがって……。

ていうか……莉子《りこ》も、早《はや》く帰《かえ》ったほうがいい……。

「本当《ほんとう》に大丈夫《だいじょうぶ》だから、今日《きょう》は帰《かえ》って……莉子《りこ》にうつったら、俺嫌《おれいや》だし……」

「私《わたし》も、湊先輩《みなとせんぱい》をひとりで残《のこ》していくなんて嫌《いや》です」

莉子《りこ》は何《なに》か買《か》ってきてくれたのか、いろいろ入《はい》っている袋《ふくろ》の中《なか》からマスクを取《と》り出《だ》して、それをつけた。

「マ、マスクちゃんとするので、ここにいさせてくれませんか……？」

眉《まゆ》をハの字《じ》にして、不安《ふあん》そうに俺《おれ》を見《み》る莉子《りこ》。

健気《けなげ》な恋人《こいびと》を前《まえ》に、胸《むね》がぎゅっとつかまれるような衝撃《しょうげき》が走《はし》る。

多分《たぶん》これは、熱《ねつ》のせいではないな……。

こんなに言《い》ってくれてるのに……断《ことわ》るほうが、悪《わる》いか……。

もし俺《おれ》が逆《ぎゃく》の立場《たちば》でも、絶対《ぜったい》に帰《かえ》らないと思《おも》う。

それに、心配《しんぱい》してくれる気持《きも》ちが嬉《うれ》しかったし、なにより……俺《おれ》も本当《ほんとう》は、離《はな》れたくない。

風邪《かぜ》のせいで心《こころ》まで弱《よわ》っているのか、本心《ほんしん》はそばにいてほしかった。

「……うん、ありがとう……」

そっと、莉子《りこ》の手《て》を握《にぎ》る。

「本当《ほんとう》は……熱《ねつ》のせいか……ちょっと、心細《こころぼそ》かったかも……」

普段《ふだん》なら口《くち》に出《だ》さない弱音《よわね》が、つい口《くち》からこぼれる。

莉子《りこ》は笑《わら》うでもからかうでもなく、手《て》を握《にぎ》り返《かえ》してくれた。

「大丈夫《だいじょうぶ》ですよ。治《なお》るまで、ずっといます」

莉子《りこ》の優《やさ》しい声《こえ》を最後《さいご》に、俺《おれ》は意識《いしき》を手放《てばな》した。


「ん……」

あれ……俺《おれ》、いつの間《ま》に寝《ね》てたんだ……？

たしか……莉子《りこ》が家《いえ》にきてくれて、手《て》を握《にぎ》ってくれて……そこから記憶《きおく》がない。

まだ体《からだ》はだるいし、熱《あつ》いのに寒気《さむけ》がするけど、さっきよりもずいぶんマシになっていた。

ゆっくりと体《からだ》を起《お》こそうとした時《とき》、隣《となり》にあるぬくもりに気《き》づく。

……つ、え？　莉子《りこ》……？

寄《よ》り添《そ》うように、隣《となり》に眠《ねむ》っている莉子《りこ》。

もしかして……ずっとそばにいてくれたのかな……。

必死《ひっし》に看病《かんびょう》してくれたんだとわかって、莉子《りこ》への感謝《かんしゃ》の気持《きも》ちが広《ひろ》がる。

きっと、俺《おれ》を見《み》ているうちに寝《ね》ちゃったんだろうな……。

寝顔《ねがお》、かわいい……。

すやすや眠《ねむ》る莉子《りこ》を見《み》て、愛《いと》おしさがあふれる。

「んん……」

しまった……起《お》こしたか……っ。

「みなと、せんぱい……」

起《お》きてはない……？　寝言《ねごと》……？

じっと見《み》ていると、莉子《りこ》が幸《しあわ》せそうに微笑《ほほえ》んだ。

「わたしが……います……だい、すき……」

「……っ」

かわいすぎる寝言《ねごと》に、熱《ねつ》なんて吹《ふ》き飛《と》ぶくらいの幸福感《こうふくかん》に包《つつ》まれる。

ほんと……かわいすぎるだろ……。

愛《いと》しくて愛《いと》しくて、どうにかなりそう。

こんなに好《す》きなのに……これ以上《いじょう》好《す》きにさせないで……。

熱《ねつ》さえなければ……このまま抱《だ》きしめて、キスするのに……。

風邪《かぜ》なんか引《ひ》いて最悪《さいあく》って思《おも》ってたけど……こんなかわいい寝言《ねごと》を聞《き》けるなら、何回《なんかい》だって風邪《かぜ》を引《ひ》いてもいい。

俺《おれ》の彼女《かのじょ》がどれだけ素敵《すてき》で、かわいくて、優《やさ》しいのか……あらためて思《おも》い知《し》った。

俺《おれ》の風邪《かぜ》が完治《かんち》したら……覚悟《かくご》しておいて……。

莉子《りこ》が目《め》を覚《さ》ますまで、かわいい寝顔《ねがお》を見《み》つめた。

先輩《せんぱい》はとびきり甘《あま》い

あれ……。

ぼんやりと視界《しかい》が広《ひろ》がって、ゆっくりと目《め》を覚《さ》ます。

私《わたし》、いつの間《ま》に寝《ね》ちゃってたのかな……。

ごしごしと目《め》をこすると、視界《しかい》がクリアになった。

……って、え!?

ドアップの湊先輩《みなとせんぱい》と目《め》が合《あ》って、驚《おどろ》いて体《からだ》をのけぞらせる。

「せ、先輩《せんぱい》っ……！」

「おはよう」

「お、おはようございます……！　あの、す、すみません……！　私《わたし》、いつの間《ま》にか眠《ねむ》っちゃってました……！」

というか、目《め》が合《あ》ったってことは……もしかして、寝顔《ねがお》見《み》られてたのかな……？

さっきまで、私《わたし》も湊先輩《みなとせんぱい》の寝顔《ねがお》がかわいくて見《み》てしまっていたから、何《なに》も言《い》えないけど……自分《じぶん》のを見《み》られるのは、恥《は》ずかしいっ……。

「気《き》にしないで。ていうか、いろいろしてくれてありがとう」

にこっと笑《わら》った湊先輩《みなとせんぱい》。その笑顔《えがお》は、さっきよりも穏《おだ》やかに見《み》えた。

「体《からだ》、大丈夫《だいじょうぶ》ですか……？」

「うん、すごいマシになった」

「よかたっ……」

苦《くる》しそうな湊先輩《みなとせんぱい》を見《み》ているのは辛《つら》かったから……少《すこ》しでもよくなったなら、一安心《ひとあんしん》……。

とはいえ、辛《つら》いのはまだ変《か》わらないだろうから、早《はや》く風邪《かぜ》が治《なお》るといいな……。

あ、そうだ……！

「あの、おかゆ作《つく》ったので、よかったら食《た》べますか……？」

湊先輩《みなとせんぱい》が起《お》きたら食《た》べてもらおうと思《おも》って、作《つく》っていたのを思《おも》い出《だ》した。

元気《げんき》になるためには、無理《むり》にでも栄養《えいよう》を摂取《せっしゅ》したほうがいいから。

「え？　食《た》べたい」

ただのおかゆだけど、湊先輩《みなとせんぱい》はまるでごちそうを聞《き》きつけたみたいに目《め》をきらきらさせた。

お腹《なか》が空《す》いてるのかな？

今日《きょう》の湊先輩《みなとせんぱい》、ほんとにかわいいなっ……。

「ふふっ、ちょっと待《ま》ってくださいね」

急《いそ》いで台所《だいどころ》に行《い》って、おかゆを温《あたた》めなおす。

「はい、どうぞ」

お皿《さら》によそって、ローテーブルに置《お》いた。

湊先輩《みなとせんぱい》はゆっくりと手《て》を伸《の》ばしたけど、困《こま》った表情《ひょうじょう》をしている。

「……スプーン、持《も》てないかも」

あ……そ、そっか……！

高熱《こうねつ》が出《で》る時《とき》は、関節《かんせつ》が痛《いた》くなったり、力《ちから》が入《はい》らなくなったりするから……お皿《さら》やスプーンを持《も》つのも大変《たいへん》なのかもしれないっ……。

「それじゃあ、私《わたし》があーんってしますね」

熱《あつ》くないように、ふーふーして熱《ねつ》を冷《さ》ます。

「はい、あーん」

湊《みなと》先輩《せんぱい》に差《さ》し出《だ》すと、ぱくっと一口《ひとくち》食《た》べてくれた。

「……どうですか？」

「うまい」

さっき以上《いじょう》に、目《め》をきらきらさせてる湊《みなと》先輩《せんぱい》。

胃《い》が弱《よわ》ってるかもしれないから、ほとんど味付《あじつ》けはしてないけど……気《き》に入《い》ってもらえたみたいでよかった。

「早《はや》く治《なお》すために、食《た》べられるだけ食《た》べてください」

「うん。全部《ぜんぶ》食《た》べる」

ふふっ、やっぱり今日《きょう》の湊《みなと》先輩《せんぱい》、すごくかわいいっ……。

母性本能《ぼせいほんのう》をくすぐられるって、こういうことなのかな……？

甘《あま》えられたら、なんでも言《い》うことを聞《き》いてしまいそうだっ……。

先輩《せんぱい》にきゅんきゅんしながらおかゆを食《た》べさせていると、本当《ほんとう》にぺろりと全部《ぜんぶ》食《た》べてしまった。

「うまかった……」

しょ、食欲《しょくよく》があるみたいでよかった……！

「食《た》べたら休《やす》んでくださいね。ゆっくり寝《ね》て、早《はや》く元気《げんき》になってください」

風邪《かぜ》を引《ひ》いている先輩《せんぱい》は、いつもとちがって甘《あま》えんぼうで……すごくかわいくて新鮮《しんせん》だけど……やっぱり、大好《だいす》きな人《ひと》には元気《げんき》でいてほしい。

苦《くる》しい思《おも》いは、してほしくないから……。

「うん。莉子《りこ》のおかげで、明日《あした》には治《なお》ってそう」

先輩《せんぱい》の言葉《ことば》にふふっと笑《わら》うと、先輩《せんぱい》はそんな私《わたし》を見《み》て目《め》を細《ほそ》めた。

「莉子《りこ》」

「えっ……」

腕《うで》をつかまれて、引《ひ》き寄《よ》せられる。

――ちゅっ。

おでこに、そっと唇《くちびる》が触《ふ》れた。

突然《とつぜん》のことに、びっくりして目《め》を丸《まる》くする。

「……ごめん、我慢《がまん》できなかった」

が、我慢《がまん》って……もしかして、ずっとキス、したかったのかな……？

風邪《かぜ》がうつったら困《こま》るって言《い》っていたし、気《き》をつかっておでこにしてくれたのかも……。

そういえば、さっきマスクとったの忘《わす》れてたっ……。

先輩《せんぱい》はそのまま私《わたし》を抱《だ》きしめて、はぁ……と息《いき》をついた。

「風邪《かぜ》が治《なお》ったら、覚悟《かくご》しておいて」

か、覚悟《かくご》って……。

「今度《こんど》は直接《ちょくせつ》するから」

宣言《せんげん》をされて、私《わたし》のほうが顔《かお》が熱《あつ》くなってしまう。

先輩《せんぱい》の甘《あま》さに、発熱《はつねつ》してしまいそうだっ……。

まるで逃《に》がさないとでも言《い》うかのように、力強《ちからづよ》く抱《だ》きしめてくる湊先輩《みなとせんぱい》。

……あ、あれ？

「……せ、先輩《せんぱい》、力強《ちからつよ》いです」

「ん？　あ、ごめん……痛《いた》かった？」

「痛《いた》くはないんですけど……」

先輩《せんぱい》、たしかさっき……。

「スプーン、持《も》てないんじゃなかったんですか……？」

私《わたし》の言葉《ことば》に、先輩《せんぱい》の体《からだ》がびくっと反応《はんのう》した。

「……うん、体《からだ》に力入《ちからはい》らない」

わざとらしく力《ちから》をゆるめた湊先輩《みなとせんぱい》に、真実《しんじつ》に気《き》づいてまたかあっと顔《かお》が熱《ねつ》を持《も》った。

「う、ウソつきっ……」

「ごめん。なんでもしてくれる莉子《りこ》がかわいくて……今日《きょう》は許《ゆる》して」

いたずらっこのようにそう言《い》って、また抱《だ》きしめる腕《うで》に力《ちから》を込《こ》めた湊先輩《みなとせんぱい》。

恥《は》ずかしいけど……湊先輩《みなとせんぱい》の知《し》らない一面《いちめん》をたくさん見《み》れたから、いっか……。

いつも私《わたし》を甘《あま》やかしてくれる湊先輩《みなとせんぱい》。そんな先輩《せんぱい》のこと……私《わたし》だって、たくさん甘《あま》やかしてあげたいから。

それから少《すこ》しの間《あいだ》、先輩《せんぱい》の腕《うで》の中《なか》から逃《に》がしてもらえなかった。

End

総《そう》長《ちょう》さま、
溺《でき》愛《あい》中《ちゅう》につき。
～3－S《エス》校《こう》外《がい》学《がく》習《しゅう》編《へん》～

キャラクター紹介《しょうかい》

高《こう》1

西園寺《さいおんじ》 蓮《れん》

最強《さいきょう》の暴走族《ぼうそうぞく》であるnoble《ノーブル》の総《そう》長《ちょう》。女嫌《おんなぎら》いでクールだが、生徒会《せいとかい》長《ちょう》も務《つと》めている。

中《ちゅう》3

白咲《しらさき》 由姫《ゆき》

ワケありで地味子《じみこ》ちゃんに変装《へんそう》していた美少女《びしょうじょ》。曲《ま》がったことが大嫌《だいきら》いで、ケンカは負《ま》けなし。蓮《れん》と恋人同士《こいびとどうし》。

中《ちゅう》3

財光寺《ざいこうじ》 要司朗《ようしろう》

由姫《ゆき》の前《まえ》の学校《がっこう》のクラスメイト。ふだんは無口《むくち》で無《む》表情《ひょうじょう》だが、由姫《ゆき》には甘々《あまあま》。

中《ちゅう》3

氷高《ひだか》 拓真《たくま》

由姫《ゆき》以外《いがい》に興味《きょうみ》がなく、人《ひと》とかかわるのが嫌《きら》いな一匹狼《いっぴきおおかみ》。由姫《ゆき》とは幼《おさな》なじみ。

中《ちゅう》3

新堂《しんどう》 海《かい》

由姫《ゆき》のクラス内《ない》のリーダー的存在《てきそんざい》。蓮《れん》たちからは次期総長候補《じきそうちょうこうほ》として一目置《いちもくお》かれている。

学園《がくえん》のNo.2《ナンバーツー》であるチーム・fatal《フェイタル》所属《しょぞく》の双子《ふたご》。生意気《なまいき》だが、由姫《ゆき》のことは大好《だいす》き。

中《ちゅう》3

如月《きさらぎ》 弥生《やよい》（左《ひだり》）・華生《かよい》（右《みぎ》）

あらすじ

中《ちゅう》3の最強少女《さいきょうしょうじょ》・由姫《ゆき》は、学園《がくえん》を仕切《しき》る最強総長《さいきょうそうちょう》で彼氏《かれし》の蓮《れん》や、周《まわ》りの仲間《なかま》たちと、にぎやかな学《がっ》校生活《こうせいかつ》を送《おく》っている。

そんな中《なか》、由姫《ゆき》のクラスで**校外学習《こうがいがくしゅう》**をすることに！

バスの席《せき》に、お化《ば》け屋敷《やしき》のペア……みんなにとって負《ま》けられない数々《かずかず》の戦《たたか》いが勃発《ぼっぱつ》。

どうなる!?　由姫《ゆき》の争奪戦《そうだつせん》——!!

校外学習《こうがいがくしゅう》

「えー……来週《らいしゅう》は、校外学習《こうがいがくしゅう》がある！」

朝《あさ》のＨＲ《ホームルーム》で、担任《たんにん》の先生《せんせい》がそう言《い》った。

校外学習《こうがいがくしゅう》……？　遠足《えんそく》みたいなものかな？

この時期《じき》にそんなイベントがあるなんて知《し》らなかったから、私《わたし》はワクワクと胸《むね》を躍《おど》らせた。

「行《い》き先《さき》は……」

どこに行《い》くんだろうっ……。

「隣県《りんけん》のラッキーランドだ！」

テーマパーク……！

まさかの行《い》き先《さき》に、きらきらと目《め》を輝《かがや》かせてしまう。

「六人《ろくにん》ひと組《くみ》で班《はん》を組《く》んでもらうから、放課後《ほうかご》のＬＨＲ《ロングホームルーム》までに決《き》めておけよー！　それじゃあ、ＨＲ《ホームルーム》は以上《いじょう》だ！」

先生《せんせい》が教室《きょうしつ》から出《で》て行《い》った瞬間《しゅんかん》、弥生《やよい》くんと華生《かよい》くんが「『由姫《ゆき》！』」と私《わたし》の名前《なまえ》を呼《よ》んだ。

「『一緒《いっしょ》の班《はん》になろう！』」

「うんっ！」

「由姫《ゆき》、俺《おれ》も入《い》れて」

「うん！　海《かい》くんも一緒《いっしょ》に回《まわ》ろう！　六人《ろくにん》だから、拓《たく》ちゃんとようちゃんも入《い》れてちょうどだね！」

まさか校外学習《こうがいがくしゅう》でテーマパークに行《い》けるなんて……！

「ちっ……お前《まえ》らはいなくていい」

「俺《おれ》とかよと由姫《ゆき》の三人《さんにん》でいいよ～」

不満《ふまん》そうに唇《くちびる》をとがらせたふたりを見《み》て、拓《たく》ちゃんが鼻《はな》で笑《わら》った。

「お前《まえ》らふたりだったら、初等部《しょとうぶ》に間違《まちが》えられるだろ」

「てめぇ……」

「チビだって言《い》いたいのか絞《し》めるぞ」

バチバチにらみ合《あ》っている三人《さんにん》に、苦笑《にがわら》いする。

「三人《さんにん》とも、由姫《ゆき》が困《こま》ってるでしょ。それにしても、校外学習《こうがいがくしゅう》の時期《じき》だって忘《わす》れてた」

「遠足《えんそく》か？」

「うん、うちの学校《がっこう》の校外学習《こうがいがくしゅう》はほぼ遠足扱《えんそくあつか》いだよ」

そうなんだ……じゃあ、本当《ほんとう》に一日《いちにち》遊《あそ》び尽《つ》くせるのかなっ……！

「楽《たの》しみだね……！」

みんなのほうを見《み》ると、笑顔《えがお》を返《かえ》してくれた。


放課後《ほうかご》のＬＨＲ《ロングホームルーム》になって、校外学習《こうがいがくしゅう》の説明《せつめい》を受《う》ける。

「来週《らいしゅう》の水曜日《すいようび》、朝七時《あさしちじ》に運動場《うんどうじょう》に集合《しゅうごう》です。バスで現地《げんち》まで行《い》って、九時《くじ》から夕方《ゆうがた》の六時《ろくじ》まで自由行動《じゆうこうどう》です。六時《ろくじ》から全員《ぜんいん》でパレードを見《み》て、バスで帰宅《きたく》します」

しおりを見《み》ながら、ワクワクが止《と》まらない。

ほぼ一日中楽《いちにちじゅうたの》しめるんだな……それに、夜《よる》のパレードまで見《み》れるんだ……！

西園寺学園《さいおんじがくえん》に来《き》て、初《はじ》めての遠足《えんそく》だっ……！

ふふっ、楽《たの》しみだなぁ……。

「由姫《ゆき》、自由行動《じゆうこうどう》どこ回《まわ》りたい？」

やよくんがそう聞《き》いてくれて、私《わたし》は配《くば》られたマップを見《み》た。

「ええっと……とにかくたくさんアトラクションに乗《の》りたい！」

「俺《おれ》も！　全部制覇《ぜんぶせいは》しよ！」

「全部《ぜんぶ》は無理《むり》だろ」

呆《あき》れている拓《たく》ちゃんを、キッとにらみつけた弥生《やよい》くん。

「ちっ……夢《ゆめ》のないこと言《い》うな！」

「そうだよ氷高《ひだか》。テーマパークなんだから、楽《たの》しまなきゃ」

海《かい》くんも乗《の》り気《き》なのか、ふふっと笑《わら》っている。

「遠足楽《えんそくたの》しみだね、由姫《ゆき》」

「うん！」

「正《ただ》しくは校外学習《こうがいがくしゅう》だけどな」

「細《こま》かいやつは嫌《きら》われるよ、財光寺《ざいこうじ》」

早《はや》く来週《らいしゅう》の水曜日《すいようび》にならないかなぁ……。

「それじゃあ、今日《きょう》はここまで。皆《みな》さん、気《き》をつけて帰《かえ》ってください」

帰《かえ》りのあいさつが終《お》わって、ワクワクした気持《きも》ちのまま、持《も》って帰《かえ》る参考書《さんこうしょ》をカバンに詰《つ》める。

あ、もう蓮《れん》さん迎《むか》えに来《き》てくれてる……！

教室《きょうしつ》の外《そと》で壁《かべ》にもたれて待《ま》っている蓮《れん》さんの姿《すがた》が見《み》えて、拓《たく》ちゃんと海《かい》くんと教室《きょうしつ》を出《で》る。

「蓮《れん》さん、お待《ま》たせしました……！」

ふっと笑《わら》って、頭《あたま》をなでてくれた蓮《れん》さん。

「行《い》くか」

蓮《れん》さんのこの癖《くせ》……慣《な》れたけど、人前《ひとまえ》ではやっぱり少《すこ》し恥《は》ずかしいっ……。

拓《たく》ちゃんもいつも冷《ひ》ややかな目《め》で蓮《れん》さんを見《み》ているし、海《かい》くんは目《め》が笑《わら》ってない気《き》がする。

いつものようにみんなで生徒会室《せいとかいしつ》に向《む》かいながら、たわいのない話《はなし》をする。

「そういえば……蓮《れん》さんたちも校外学習《こうがいがくしゅう》ってありますか？」

高等部《こうとうぶ》も一緒《いっしょ》なのかなと思《おも》って聞《き》くと、蓮《れん》さんは首《くび》を横《よこ》に振《ふ》った。

「そんな話《はなし》をしてたような気《き》もするけど、知《し》らないな……」

蓮《れん》さん、もしかしてＨＲ《ホームルーム》の時寝《ときね》てるのかな？　あはは……。

「由姫《ゆき》は校外学習《こうがいがくしゅう》があるのか？」

「はい……！　来週《らいしゅう》、クラスでテーマパークに行《い》きます！」

「そうなのか」

テンションが上《あ》がっている私《わたし》を見《み》て、ふっと笑《わら》った蓮《れん》さん。

「楽《たの》しんでこい」

「はい！」

「俺《おれ》も行《い》きたかった」

蓮《れん》さんの発言《はつげん》に、びっくりしてしまう。

蓮《れん》さんはインドア派《は》で、基本騒《きほんさわ》がしい場所《ばしょ》が苦手《にがて》だから……テーマパークとか、嫌《きら》いだと思《おも》ってたっ……。

「蓮《れん》さんもテーマパーク好《す》きなんですか？」

「いや、好《す》きじゃない」

えっ……？

「由姫《ゆき》と行《い》きたかっただけだ」

ドキッと、心臓《しんぞう》が高鳴《たかな》る。

そ、それって……好《す》きじゃないところでも、私《わたし》となら行《い》きたいって言《い》ってくれてるのかな……？

蓮《れん》さんはなんでもストレートに伝《つた》えてくれるから、いつも照《て》れてしまうけど……嬉《うれ》しいな……。

「うえっ……」

「蓮《れん》さーん、俺《おれ》たちもいますよ〜」

後《うし》ろにいる拓《たく》ちゃんと海《かい》くんの声《こえ》に、恥《は》ずかしくて顔《かお》が熱《あつ》くなった。

同級生《どうきゅうせい》の特権《とっけん》【side《サイド》 海《かい》】

「由姫《ゆき》〜!!」

生徒会室《せいとかいしつ》に着《つ》くと、真《ま》っ先《さき》に南《みなみ》さんがかけ寄《よ》ってくる。

もちろん俺《おれ》にじゃなくて、俺《おれ》の前《まえ》にいる由姫《ゆき》に。

「会《あ》いたかった〜！　ぶっ！」

……それを蓮《れん》さんに阻止《そし》されるのも、もう恒例《こうれい》の流《なが》れ。

「ちょっとやめてよ蓮《れん》くん！　俺《おれ》が会《あ》いたかったのは由姫《ゆき》で、蓮《れん》くんじゃない！」

「触《さわ》るな。見《み》るな近寄《ちかよ》るな」

蓮《れん》さんも毎回律儀《まいかいりちぎ》に付《つ》き合《あ》ってあげて優《やさ》しいな〜と思《おも》うけど、その額《ひたい》には血管《けっかん》が浮《う》き上《あ》がっていた。

めちゃくちゃ怒《おこ》ってるな……。

「南《みなみ》くん、お疲《つか》れ様《さま》！　舜先輩《しゅんせんぱい》とルカくんと翔《しょう》くんも！」

由姫《ゆき》はみんなにあいさつをして、かわいい笑顔《えがお》を惜《お》しみもなく浮《う》かべている。

由姫《ゆき》にお疲《つか》れ様《さま》って言《い》われたら、どんな疲《つか》れもとれるだろうな。

俺《おれ》は同《おな》じクラスだし、基本《きほん》あいさつは「おはよう」で、ずっと一緒《いっしょ》に行動《こうどう》してるから「お疲《つか》れ様《さま》」って言《い》われることが少《すく》ない。

俺《おれ》も言《い》われたいけど……〝お疲《つか》れ様《さま》〟を取《と》るか〝同《おな》じクラスでずっと一緒《いっしょ》に行動《こうどう》できるか〟を取《と》るかって聞《き》かれたら、誰《だれ》もが後者《こうしゃ》を選《えら》ぶはずだ。

やっぱり、同《おな》じクラスっていうのはデカい。

俺《おれ》が唯一《ゆいいつ》、蓮《れん》さんに対《たい》してマウントをとれることだ。

「ねえ由姫《ゆき》、来週《らいしゅう》の水曜日《すいようび》、ケーキ食《た》べにいこうよ～」

南《みなみ》さんの誘《さそ》いに、由姫《ゆき》が「あっ……」と戸惑《とまど》いの声《こえ》をもらした。

「水曜日《すいようび》は、校外学習《こうがいがくしゅう》の日《ひ》なんだ……」

「え？　校外学習《こうがいがくしゅう》？」

「もうそんな時期《じき》か……」

休憩《きゅうけい》でコーヒーを飲《の》んでいた舜《しゅん》さんが、カレンダーを見《み》ながらつぶやいた。

「舜先輩《しゅんせんぱい》たちも校外学習《こうがいがくしゅう》に行《い》くんですか？」

「いや……高等部《こうとうぶ》の一年《いちねん》は留学《りゅうがく》があるからないんだ。俺《おれ》たちが三年《さんねん》の時《とき》は、芸術鑑賞《げいじゅつかんしょう》という名目《めいもく》で美術館《びじゅつかん》に行《い》ったが」

「あったねそんなの！　僕《ぼく》も蓮《れん》くんも欠席《けっせき》したけど〜」

笑顔《えがお》で話《はな》している南《みなみ》くんに、苦笑《にがわら》いしている由姫《ゆき》。

「今年《ことし》も美術館《びじゅつかん》か？」

「テーマパークです。朝《あさ》から晩《ばん》まで一日中《いちにちじゅう》」

由姫《ゆき》の代《か》わりに、笑顔《えがお》で答《こた》えてあげた。

途端《とたん》、うらやましそうに俺《おれ》を見《み》た舜《しゅん》さんと南《みなみ》さん。

「テーマパーク……？」

「え……ずるい‼　なんで！　僕《ぼく》も行《い》く‼」

ふふっ、予想《よそう》どおりの反応《はんのう》。

俺《おれ》もちっさいなと思《おも》うけど、同級生《どうきゅうせい》の特権《とっけん》を自慢《じまん》させてほしい。

「……なんだよそれ……」

「ほんと、同級生《どうきゅうせい》ってズルだ……」

話《はなし》を聞《き》いていたのか、竜牙崎《りゅうがざき》と八神《やがみ》もうらやましそうにこっちをにらんでいた。

「僕《ぼく》も行《い》く！　今《いま》から先生《せんせい》に聞《き》いてくる！」

「……無理《むり》に決《き》まってるだろ……」

「じゃあサボって個人的《こじんてき》に行《い》く！　それならいいでしょ！」

「……サボってテーマパークに行《い》ってることがバレたら、どう考《かんが》えてもまずいだろ」

南《みなみ》さんの発言《はつげん》に、舜《しゅん》さんが頭《あたま》を押《お》さえてため息《いき》をついていた。

あはは、南《みなみ》さんは相変《あいか》わらずなんでもありだな〜。

俺《おれ》が逆《ぎゃく》の立場《たちば》でも、どうやって同行《どうこう》しようか必死《ひっし》に考《かんが》えただろうし、気持《きも》ちはわかるけど。

まさか校外学習《こうがいがくしゅう》がテーマパークとは思《おも》わなかったし、俺《おれ》も初《はじ》めて知《し》ったから……本当《ほんとう》にラッキーだな……。

テーマパークで由姫《ゆき》と一日一緒《いちにちいっしょ》に過《す》ごせるとか……楽《たの》しみすぎる。

俺《おれ》はよくアウトドア派《は》だと思《おも》われることが多《おお》いけど、実《じつ》はインドアの人間《にんげん》だ。人混《ひとご》みは嫌《きら》いだし、静《しず》かなところが落《お》ち着《つ》く。

テーマパークも、よく友達《ともだち》に誘《さそ》われるけど、全部断《ぜんぶことわ》ってる。

でも……由姫《ゆき》がいるなら、どんな場所《ばしょ》だって天国《てんごく》だ。

はしゃいでいる由姫《ゆき》、きっとすごくかわいいだろうし……楽《たの》しい思《おも》い出《で》を作《つく》ってあげたいな……。

今日《きょう》帰《かえ》ったら、あのテーマパークについて調《しら》べよう。

由姫《ゆき》がストレスなく過《す》ごせるように、リサーチしないと。

当日《とうじつ》を想像《そうぞう》するだけで、胸《むね》が躍《おど》った。

年上《としうえ》の余裕《よゆう》【side《サイド》 冬夜《とうや》】

「おつかれさまーっす」

「お疲《つか》れ様《さま》です」

放課後《ほうかご》。アジト兼風紀室《けんふうきしつ》に集《あつ》まっていると、弥生《やよい》と華生《かよい》が現《あらわ》れた。

「お疲《つか》れ様《さま》。来《き》てくれてありがとう」

今日《きょう》は、fatal《フェイタル》の定例会議《ていれいかいぎ》の日《ひ》。会議《かいぎ》ってほど堅苦《かたくる》しいものじゃないけど、現状《げんじょう》の報《ほう》告《こく》とか、今後《こんご》のことを話《はな》し合《あ》う集《あつ》まりだ。

「俺《おれ》たちもfatal《フェイタル》の幹部《かんぶ》なんで、当然《とうぜん》っす！」

今日《きょう》も元気《げんき》いっぱいの弥生《やよい》に、笑顔《えがお》があふれた。

隣《となり》にいる華生《かよい》も、ニコッと笑《わら》っている。

……なんだろう、ふたりとも、今日《きょう》はいつもより機嫌《きげん》がいいな……。

弥生《やよい》が元気《げんき》なのはいつものことだけど……華生《かよい》もニコニコしてる気《き》がする。

「なんだよ、お前《まえ》がニコニコしてっと気持《きも》ちわりーぞ」

寝転《ねころ》んで漫画《まんが》を読《よ》んでいた夏目《なつめ》も気《き》づいたのか、ひどい言葉《ことば》とセットで指摘《してき》している。

気持《きも》ち悪《わる》いって……。

華生《かよい》もいら立《だ》ったのか、するどい目《め》で夏目《なつめ》をにらんでいる。

「……万年《まんねん》うるさい人《ひと》に言《い》われたくないです」

「あ⁉　誰《だれ》がうるさいだ！」

「……うるせぇ、大声出《おおごえだ》すな」

早速隣《さっそくとなり》のソファで寝《ね》ていた春季《はるき》に指摘《してき》されて、「うるさいって言《い》うな！」と怒《おこ》っている。

たしかに騒《さわ》がしいけど、にぎやかなのはいいことかな……。

それにしても……。

「何《なに》かいいことでもあったの？」

ふたりの上機嫌《じょうきげん》の理由《りゆう》が気《き》になってそう聞《き》けば、弥生《やよい》がにやりと口角《こうかく》を上《あ》げた。

「へへっ、最高《さいこう》に楽《たの》しみな予定《よてい》ができました！」

「楽《たの》しみな予定《よてい》？」

「校外学習《こうがいがくしゅう》で、テーマパークに行《い》くんっすよ！」

校外学習《こうがいがくしゅう》……？　ああ、もうそんな時期《じき》か……。

ていうか、テーマパークって……。

「もしかして、由姫《ゆき》も一緒《いっしょ》ってこと？」

「ビンゴです！　由姫《ゆき》と一緒《いっしょ》に回《まわ》ることになりました～！」

嬉《うれ》しそうな弥生《やよい》に、それで上機嫌《じょうきげん》だったのかと納得《なっとく》した。

由姫《ゆき》とテーマパークに行《い》けるなんて……うらやましいな……。

俺《おれ》だって、そんな予定《よてい》があったら上機嫌《じょうきげん》になる。

「……まあ、由姫《ゆき》と一緒《いっしょ》って言《い》っても、海《かい》たちもいるんで六人《ろくにん》で回《まわ》るんですけど」

華生《かよい》が付《つ》け足《た》すようにそう言《い》ったけど、その表情《ひょうじょう》はやっぱり嬉《うれ》しそう。

「由姫《ゆき》と……テーマパークだと……」

夏目《なつめ》が声《こえ》を震《ふる》わせながら、弥生《やよい》と華生《かよい》を見《み》て叫《さけ》んだ。

「ずりーぞ!!!」

「……」

さっきまでうるさそうにしていた春季《はるき》も、今《いま》はうるさいとは言《い》わなかった。

多分《たぶん》、夏目《なつめ》と同《おな》じことを思《おも》っているんだろう。

「ふっ、嫉妬《しっと》っすか？　醜《みにく》いっすよ～」

「一年早《いちねんはや》く生《う》まれて、残念《ざんねん》でしたね～」

華生《かよい》と弥生《やよい》に、まんまと煽《あお》られている夏目《なつめ》は顔《かお》を真《ま》っ赤《か》にしている。春季《はるき》も、不機嫌《ふきげん》オーラがダダもれだ。

「俺《おれ》も行《い》く！」

「無理《むり》に決《き》まってるじゃないっすか、あきらめてください」

「お留守番頼《るすばんたの》みます」

「てめぇら……!!」

これ以上夏目《いじょうなつめ》の怒《いか》りゲージが溜《た》まったら、暴《あば》れだしちゃいそうだ。

「まあまあ、煽《あお》るのはそこまでにしてあげて」

そう言《い》ってふたりをなだめると、やれやれという顔《かお》をしていた。

「もっと自慢《じまん》してやりたかったたっすけど……」

「冬夜《とうや》さんだけっすね、年上《としうえ》の余裕《よゆう》があるのは」

え？　余裕《よゆう》？

「そんなのないよ。俺《おれ》だって、由姫《ゆき》とテーマパーク行《い》きたいもん」

内心《ないしん》では、ふたりがうらやましくて仕方《しかた》がない。

俺《おれ》だって、同行《どうこう》する手段《しゅだん》がないか、結構本気《けっこうほんき》で考《かんが》えてるのに。

まあ、さすがに無理《むり》だろうけど……。

一日中《いちにちじゅう》由姫《ゆき》と一緒《いっしょ》に過《す》ごせるだけでもうらやましいのに……行《い》き先《さき》がテーマパークなんて……。

アトラクションに乗《の》ったり、パレードを見《み》たり……楽《たの》しんでいる由姫《ゆき》を、近《ちか》くで見《み》れるんだろうな。

本当《ほんとう》に、うらやましい。

「俺《おれ》も付《つ》いていこうかな」

笑顔《えがお》でそう言《い》えば、ふたりが困《こま》ったように眉《まゆ》の端《はし》を下《さ》げた。

「……ま、まあ、冬夜《とうや》さんなら……でも、ライバルがこれ以上増《いじょうふ》えるのは……」

「冬夜《とうや》さんでもダメです。由姫《ゆき》は渡《わた》しません」

きりっと強《つよ》い視線《しせん》で俺《おれ》を見《み》つめる華生《かよい》に、笑顔《えがお》を返《かえ》す。

それは、俺《おれ》も同《おな》じだよ。

ふたりはかわいい後輩《こうはい》だけど……同時《どうじ》にライバルでもあるから。

相手《あいて》が誰《だれ》であれ、由姫《ゆき》は譲《ゆず》れない。

「おい！　お前《まえ》のもんみたいな言《い》い方《かた》すんな！」

「最終的《さいしゅうてき》には俺《おれ》たちの恋人《こいびと》になる予定《よてい》です～！」

「ああ!?」

「おい、てめーらさっきから好《す》き勝手《かって》言《い》いやがって……全員《ぜんいん》表出《おもてで》ろ」

ああまずい、ヒートアップしてきた……。

みんな、由姫《ゆき》のことになると必死《ひっし》だ。

……俺《おれ》も含《ふく》めて。

喧嘩《けんか》になりそうな空気《くうき》を察知《さっち》して、慌《あわ》ててみんなをなだめた。

幸《しあわ》せな時間《じかん》【side《サイド》 拓真《たくま》】

校外学習当日《こうがいがくしゅうとうじつ》の朝《あさ》。

俺《おれ》は朝《あさ》から、生徒会寮《せいとかいりょう》の前《まえ》で待《ま》っていた。

校外学習《こうがいがくしゅう》の集合場所《しゅうごうばしょ》は運動場《うんどうじょう》だが、同《おな》じ寮《りょう》の由姫《ゆき》と合流《ごうりゅう》してから一緒《いっしょ》に運動場《うんどうじょう》に向《む》かうつもりだった。

……由姫《ゆき》は目立《めだ》つだろうから、今日《きょう》は一日変《いちにちへん》なやつに声《こえ》をかけられないように、見張《みは》っておかねぇと……。

最近《さいきん》は特《とく》にファンクラブとやらができてうるさいし、男女問《だんじょと》わずよく声《こえ》をかけられている。

サインを求《もと》めてくるやつもいて、由姫《ゆき》も対応《たいおう》に困《こま》っていた。

足音《あしおと》が聞《き》こえて、顔《かお》を上《あ》げる。

由姫《ゆき》……？

「あ、氷高《ひだか》、おはよ」

って、こいつかよ……。

現《あらわ》れた新堂《しんどう》の姿《すがた》に、ため息《いき》をついた。

「……」

「あいさつくらい返《かえ》してよ。俺《おれ》でがっかりした？」

「わかってるなら聞《き》くな」

朝《あさ》からテンション高《たか》くてうぜぇ……。

こいつは基本的《きほんてき》にいつも一定《いってい》のテンションだし、うっとうしいのはいつものことだけど。

いっつもにこにこして、何《なに》を考《かんが》えているのかわからない男《おとこ》。

……まあ、最近《さいきん》は前《まえ》よりはわかるようになった。

意外《いがい》と喜怒哀楽《きどあいらく》がわかりやすく、特《とく》に怒《おこ》ってる時《とき》は目《め》が笑《わら》ってない。

こういうやつが、一番《いちばん》たちが悪《わる》かったりする。

「由姫《ゆき》、早《はや》くこないかなぁ……」

「……」

「今日《きょう》、楽《たの》しみだね」

「……」

どれだけ無視《むし》してもひとりで話《はな》している新堂《しんどう》にもはや呆《あき》れていた時《とき》、小《ちい》さな足音《あしおと》が聞《き》こえた。

「拓《たく》ちゃん、海《かい》くん、お待《ま》たせ……！」

笑顔《えがお》で現《あらわ》れた由姫《ゆき》に、俺《おれ》の口元《くちもと》もゆるむ。

目《め》の前《まえ》で立《た》ち止《ど》まった由姫《ゆき》の頭《あたま》を、そっとなでた。

「全然《ぜんぜん》待《ま》ってない。おはよう」

「とか言《い》って、俺《おれ》より先《さき》に待《ま》ってたくせに」

「……黙《だま》れ」

「ふたりとも、待《ま》っててくれてありがとう！」

俺《おれ》が勝手《かって》に待《ま》ってるって言《い》っただけだし、礼《れい》なんかいらないのに。

「行《い》くか?」

「うん……!」

笑顔《えがお》でうなずいた由姫《ゆき》の隣《となり》に並《なら》んで、運動場《うんどうじょう》へ向《む》かった。

あー……今日《きょう》、双子《ふたご》も財光寺《ざいこうじ》も風邪《かぜ》ひいて欠席《けっせき》ならいいのに……。新堂《しんどう》も、急《きゅう》に腹《はら》が痛《いた》くなって寮《りょう》に帰《かえ》ればいい……。

最低《さいてい》なことを思《おも》いながら、隣《となり》で期待《きたい》に目《め》を輝《かがや》かせている由姫《ゆき》を見《み》る。

六人行動《ろくにんこうどう》とかじゃなくて、ふたりで行動《こうどう》したい……。

はしゃいでいる由姫《ゆき》をひとりじめしたいと、自分《じぶん》でも呆《あき》れるくらい勝手《かって》なことを思《おも》った。

「氷高《ひだか》、今《いま》どうせ由姫《ゆき》とふたりでいたいから俺《おれ》たちはいなくなればいいのにとか考《かんが》えてるでしょ」

にっこりと効果音《こうかおん》がつきそうないつもの笑顔《えがお》で、俺《おれ》の思考《しこう》を的確《てきかく》に当《あ》ててきた新堂《しんどう》。

図星《ずぼし》すぎて、ゾッとした。こいつ、人《ひと》の頭《あたま》の中《なか》読《よ》めるのかよ……。

しかも、目《め》が笑《わら》ってない。

「考《かんが》えんのは勝手《かって》だろーが」

「もちろん。俺《おれ》も同《おな》じようなこと思《おも》ってるし」

「ふたりとも、楽《たの》しそうに何話《なにはな》してるの？」

俺《おれ》たちのほうを見《み》ながらそう聞《き》いてきた由姫《ゆき》に「何《なに》もねぇよ」とできる限《かぎ》り優《やさ》しい声《こえ》で答《こた》えた。

独占欲《どくせんよく》とか嫉妬《しっと》とか、汚《きたな》い感情《かんじょう》は由姫《ゆき》には見《み》せたくない。

ちっさいやつだって思《おも》われたくねーし……。

「由姫《ゆき》～!!」

集合場所《しゅうごうばしょ》に着《つ》くと、うるさいふたりが走《はし》ってきた。

「おはよう！」

「ついに校外学習《こうがいがくしゅう》だね！　楽《たの》しもうね！」

ベタベタしている双子《ふたご》に、笑顔《えがお》でうなずいている由姫《ゆき》。

いつものように双子《ふたご》を引《ひ》きはがすと、一斉《いっせい》ににらまれた。

「離《はな》せよ！」

「お前《まえ》ら、由姫《ゆき》に触《さわ》んなって何回同《なんかいおな》じこと言《い》わせれば気《き》がすむんだ？」

「はいはい、双子《ふたご》も氷高《ひだか》も喧嘩《けんか》しない～」

「……お前《まえ》ら、朝《あさ》からうるさいな」

「あ、ようちゃん！　おはよう！」

財光寺《ざいこうじ》も現《あらわ》れて、六人《ろくにん》がそろった。

うるさいし、やっぱ人数《にんずう》多《おお》いだろ……。

ふたりきりになれるのは、まだまだ先《さき》になりそうだ。

特等席《とくとうせき》【side《サイド》 弥生《やよい》】

「それじゃあ、順番《じゅんばん》にバスに乗《の》ってください」

出発《しゅっぱつ》の時間《じかん》になって、ぞろぞろとバスに乗《の》り込《こ》むクラスのやつら。

俺《おれ》たちも後《あと》に続《つづ》こうとした時《とき》、前《まえ》を歩《ある》いていたかよが足《あし》を止《と》めた。

「かよ？　どうした？」

急《きゅう》に立《た》ち止《ど》まって……。

「……席順《せきじゅん》、決《き》めてない」

かよの一言《ひとこと》に、全員《ぜんいん》が足《あし》を止《と》める。

……マジだ……。

こんなに重要《じゅうよう》な席順《せきじゅん》を、決《き》めてなかったなんて……。

「え？　適当《てきとう》に座《すわ》ったら……」

「いや、これは大事《だいじ》な問題《もんだい》だね」

由姫《ゆき》がきょとんと首《くび》をかしげてるけど、今回《こんかい》ばかりは海《かい》の言《い》うとおりだ。

バスの座席決《ざせきぎ》め……これは、今回《こんかい》の校外学習《こうがいがくしゅう》の、最重要事項《さいじゅうようじこう》と言《い》ってもいい。

それに、適当《てきとう》になんか座《すわ》ったら……由姫《ゆき》の隣《となり》を巡《めぐ》って暴動《ぼうどう》が起《お》きる。

本当《ほんとう》は喧嘩《けんか》で決《き》めたいけど……今日《きょう》は校外学習《こうがいがくしゅう》。暴力《ぼうりょく》なんか一発《いっぱつ》でアウトだ。

由姫以外《ゆきいがい》の五人《ごにん》で集合《しゅうごう》して、こそこそと話《はな》し合《あ》った。

「どうする？　じゃんけんにする？」

「勝《か》ったやつひとりが、由姫《ゆき》の隣《となり》……」

「一番後《いちばんうし》ろの席《せき》なら、由姫《ゆき》の隣《となり》ふたりまで座《すわ》れるじゃん」

「真《ま》ん中《なか》は座《すわ》りにくいだろーが。由姫《ゆき》は窓際一択《まどぎわいったく》だ」

「てことは……じゃんけんで勝《か》ったひとりが由姫《ゆき》の隣《となり》ってわけか……」

全員《ぜんいん》が口《くち》を固《かた》く閉《と》ざして、じっとにらみ合《あ》った。

「いくよ……」

海《かい》の声《こえ》を合図《あいず》に、グーの手《て》を差《さ》し出《だ》す。

この勝負《しょうぶ》、負《ま》けられない……!!　グーかパーかチョキか……！

「じゃんけん……ぽん！」

悩《なや》みに悩《なや》んで、俺《おれ》はパーを出《だ》した。

……え？

俺以外《おれいがい》が、見事《みごと》にグーを出《だ》していることに気《き》づいて、目《め》を丸《まる》くする。

か……勝《か》ったっ……！

「やった……！　由姫《ゆき》！　俺《おれ》が由姫《ゆき》の隣《となり》！」

「ふふっ、よろしくね、弥生《やよい》くん」

ありがとう、じゃんけんの神様《かみさま》……！

「ちっ……」

「あーあ、負《ま》けちゃった……」

「極力《きょくりょく》由姫《ゆき》に近《ちか》づくなよ」

「やよ、おめでとう……」

かよ以外《いがい》は不満《ふまん》たらたらの視線《しせん》を送《おく》ってくるし、かよもうらやましそうに俺《おれ》を見《み》ていた。

じゃんけんは強《つよ》いほうじゃなかったけど、この日《ひ》のために運《うん》を貯《た》めていたのかもしれない。

そんなことを思《おも》うくらい、最高《さいこう》の気分《きぶん》だった。

「弥生《やよい》くん、窓際《まどぎわ》どうぞ」

「う、ううん！　由姫《ゆき》が座《すわ》って！　俺《おれ》、通路側《つうろがわ》が好《す》きだし！」

「え？　そ、そうなの？　ありがとうっ」

荷物《にもつ》を置《お》いてから、由姫《ゆき》の隣《となり》に座《すわ》った。

その瞬間《しゅんかん》、冷《ひ》や汗《あせ》があふれる。

……待《ま》って、これ、無理《むり》かも……。

想像以上《そうぞういじょう》に距離《きょり》が近《ちか》くて、固《かた》まったまま動《うご》けなくなる。

バスがゆれたら肩触《かたふ》れるし……え……こ、この距離《きょり》で一時間以上《いちじかんいじょう》？

俺《おれ》の心臓《しんぞう》……も、もつのかな……。

バスが発車《はっしゃ》して、由姫《ゆき》は持《も》っていたテーマパークの地図《ちず》を開《ひら》いた。

「弥生《やよい》くんはどのアトラクションが一番楽《いちばんたの》しみ？」

楽《たの》しそうに聞《き》いてくる由姫《ゆき》の肩《かた》が、思《おも》いっきり俺《おれ》の肩《かた》に当《あ》たっている。

こんなのもう……距離《きょり》ないじゃんっ……！

「え、えっと……ジェットコースターかな……」

「私《わたし》も！」

手《て》っ……にぎっ……近《ちか》いっ……！

「離《はな》せ」

後《うし》ろの席《せき》に座《すわ》っていた氷高《ひだか》が、俺《おれ》の手《て》を叩《たた》いた。

こいつ……後《うし》ろから見張《みは》ってんのか？

ちっ……こんな時《とき》まで邪魔《じゃま》しやがって……。

でも、正直今《しょうじきいま》は助《たす》かったかも……。

これ以上触《いじょうふ》れていたら、心臓《しんぞう》がもたなかったと思《おも》うっ……。

「私《わたし》、フードも楽《たの》しみなんだ……！　見《み》て、ここのポップコーンがすごく美味《おい》しそうなの……！」

地図《ちず》が見《み》やすいように、俺《おれ》の肩《かた》にピッタリくっついている由姫《ゆき》。

「う、うん……！」

む……無理無理無理無理《むりむりむりむり》……。

かわいすぎて、無理《むり》……っ……。

気《き》が気《き》じゃなくて、正直由姫《しょうじきゆき》の話《はなし》がまったく入《はい》ってこなかった。

「まもなく目的地《もくてきち》に到着《とうちゃく》いたします。バスが停《と》まるまで、立《た》ち上《あ》がらないでください」

つ、着《つ》いた……。

よく耐《た》えてくれた、俺《おれ》の心臓《しんぞう》っ……。

「順番《じゅんばん》に降《お》りてください」

「弥生《やよい》くん、行《い》こ！」

「う、うん……！」

いつ心臓《しんぞう》が止《と》まるかひやひやしてたけど……でも、由姫《ゆき》の隣《となり》、楽《たの》しかった……。

多分《たぶん》、校外学習《こうがいがくしゅう》の一番《いちばん》の思《おも》い出《で》になるんだろうな……。

……いや待《ま》てよ、帰《かえ》りもバスじゃんけんはあるはず。

帰《かえ》りも頼《たの》んだ、じゃんけんの神様《かみさま》……！

「それじゃあ、今《いま》から自由行動《じゆうこうどう》です」

引率《いんそつ》の教師《きょうし》の言葉《ことば》に、ぞろぞろと動《うご》き出《だ》す生徒《せいと》たち。

「みんな、行《い》こう！　全制覇《ぜんせいは》に向《む》けて！」

由姫《ゆき》も目《め》をきらきらさせながら、今《いま》にも走《はし》り出《だ》しそうな勢《いきお》いだった。

「ふふっ、そうだね」

海《かい》のやつ、いつになくデレデレしてんな……。

「あっ……」

何《なに》かに気《き》づいたように、小《ちい》さく声《こえ》をもらした由姫《ゆき》。

「どうした？」

心配《しんぱい》そうに氷高《ひだか》が聞《き》くと、由姫《ゆき》は申《もう》し訳《わけ》なさそうに眉《まゆ》の端《はし》を下《さ》げていた。

「あの、全制覇《ぜんせいは》とか言《い》ってるけど、みんな苦手《にがて》な乗《の》り物《もの》もあると思《おも》うのに……勝手《かって》に決《き》めてごめんなさいっ……」

え？　そんなこと、気《き》にしなくていいのに……。

こんな時《とき》まで周《まわ》りに気《き》を配《くば》るなんて、ほんとに由姫《ゆき》はいい子《こ》だな……。

「俺《おれ》たちは、由姫《ゆき》がいたらそれだけで楽《たの》しいから、謝《あやま》らないで！」

「弥生《やよい》くん……」

「全制覇《ぜんせいは》するんだろ。急《いそ》ぐぞ」

財光寺《ざいこうじ》も由姫《ゆき》が気《き》にしないように、俺《おれ》たちには向《む》けたことない甘《あま》ったるい笑顔《えがお》を浮《う》かべていた。

「うん……！」

一番近《いちばんちか》くにいた俺《おれ》の服《ふく》を、ちょこんとつまんだ由姫《ゆき》。

……っ、え？

「行《い》こっ……？」

首《くび》をかしげて、満面《まんめん》の笑顔《えがお》でそう言《い》ってきた。

か……。

かわ……もう、無理《むり》だ……。

バスでなんとか耐《た》え抜《ぬ》いた俺《おれ》の心臓《しんぞう》も、ついに限界《げんかい》を訴《うった》えた。

——バタンッ！

「え……や、弥生《やよい》くん……!?」

由姫《ゆき》の焦《あせ》った声《こえ》が聞《き》こえるけど、意識《いしき》が遠《とお》のいていく。

「由姫《ゆき》、気《き》にすんな」

「ああ、こんなやつおいていこう」

「華生《かよい》、あとはよろしくね」

「お前《まえ》ら、置《お》いていくな！　やよ！　気持《きも》ちはわかるけど、しっかりして……！」

君《きみ》のためならなんだって【side《サイド》 要司朗《ようしろう》】

由姫《ゆき》と四人《よにん》とテーマパークを回《まわ》りながら、順番《じゅんばん》にアトラクションに乗《の》っていく。

「あ〜、ジェットコースター楽《たの》しかった！」

由姫《ゆき》はずっとはしゃいでいて、笑顔《えがお》で走《はし》り回《まわ》っていた。

その姿《すがた》がかわいくて、ずっと見《み》ていたくなる。

今日《きょう》が、終《お》わらなかったらいいのに……。

そんなポエマーなことを思《おも》った自分《じぶん》に恥《は》ずかしくなって、こほんと咳払《せきばら》いした。

「えっと、次《つぎ》は……え？」

マップを見《み》た由姫《ゆき》が、ぴたりと足《あし》を止《と》める。

「お、おばけ屋敷《やしき》……」

あ……そういうことか。

由姫《ゆき》は、雷《かみなり》や虫《むし》やおばけが大《だい》の苦手《にがて》だ。

雷《かみなり》が鳴《な》ってる日《ひ》にひとりで帰《かえ》れなくなっていて、一緒《いっしょ》に帰《かえ》ったこともあるし、ホラー映画《えいが》を見《み》て夜《よる》に眠《ねむ》れなかったという由姫《ゆき》を無理《むり》やり保健室《ほけんしつ》に連《つ》れていって寝《ね》かせたこともある。

……由姫《ゆき》の好《す》き嫌《きら》いについては、きっとこの中《なか》で俺《おれ》が一番詳《いちばんくわ》しい自信《じしん》があった。

「私《わたし》、おばけはちょっと……あっ」

おばけ屋敷《やしき》を通《とお》り過《す》ぎようとした時《とき》、由姫《ゆき》が何《なに》かを見《み》つけてまた立《た》ち止《ど》まった。

「あ、あれはっ……」

おばけ屋敷《やしき》の前《まえ》に並《なら》んでいるのは、テーマパークのイメージキャラクターのぬいぐるみだった。

由姫《ゆき》は「見事脱出《みごとだっしゅつ》できたペアに一《ひと》つプレゼント！」と書《か》かれているそれを、食《く》い入《い》るように見《み》ている。

もしかして……。

「特典《とくてん》が欲《ほ》しいのか？」

「う、うんっ……」

ゆるキャラとかはあんまり興味《きょうみ》ないと思《おも》ってたけど……。

ぬいぐるみを欲《ほ》しがっているのがかわいくて、口元《くちもと》がゆるむ。

「俺《おれ》が取《と》ってきてやる」

「いや、俺《おれ》が行《い》ってくるよ」

「俺《おれ》とかよで行《い》く！」

「由姫《ゆき》、待《ま》っててていいよ」

由姫《ゆき》にいいところを見《み》せたいのか、我先《われさき》にと行《い》こうとする四人《よにん》。

「う、ううん……私《わたし》も行《い》く！　全制覇《ぜんせいは》するって決《き》めたんだから……に、逃《に》げたらダメだよね……！」

「大丈夫《だいじょうぶ》なのか……？」

ホラー映画《えいが》見《み》ただけで、眠《ねむ》れなくなるほどおばけが怖《こわ》いんだろ……？

文化祭《ぶんかさい》のクラスの出《だ》し物《もの》で、おばけ屋敷《やしき》が候補《こうほ》に上《あ》がっただけで震《ふる》えてたし……やめておいたほうがいいんじゃないか……？

そう思《おも》ったけど、由姫《ゆき》の決意《けつい》は固《かた》いらしい。

「ぬ、ぬいぐるみのために、がんばる……！」

由姫《ゆき》がそう言《い》うなら、これ以上《いじょう》は止《と》めないけど……心配《しんぱい》だから、離《はな》れないように歩《ある》こう。

「あ、ペアだから、ふたりひと組《くみ》なんだね！」

ルール説明《せつめい》を見《み》ながら、そう言《い》った由姫《ゆき》。

「それじゃあ、グーチョキパーで分《わ》かれる？」

由姫《ゆき》の言葉《ことば》に、全員《ぜんいん》がぴくりと反応《はんのう》した。

「……異論《いろん》はないよ」

「今度《こんど》こそ、負《ま》けられねぇ……」

「俺《おれ》に力《ちから》を貸《か》してくれ、じゃんけんの神《かみ》……！」

「やよ、今度《こんど》はじゃんけんじゃないからね」

絶対《ぜったい》に由姫《ゆき》とのペアを勝《か》ちとる……。

俺《おれ》も深呼吸《しんこきゅう》をして、拳《こぶし》を前《まえ》に出《だ》した。

「いくよ……せーの！」

俺《おれ》が出《だ》したのはパー。由姫《ゆき》が出《だ》したのもパー。

ほかに、パーを出《だ》しているやつはいなかった。

……っしゃ……！

「ようちゃん、よろしくね！」

笑顔《えがお》の由姫《ゆき》と、後《うし》ろで不機嫌《ふきげん》ダダもれの四人《よにん》。

すごいにらまれているけど、痛《いた》くもかゆくもない。

「由姫《ゆき》、行《い》こ」

「うんっ……」

ふたりで一緒《いっしょ》に、おばけ屋敷《やしき》の入《い》り口《ぐち》をくぐった。

中《なか》はぎりぎり前《まえ》が見《み》えるくらいの薄暗《うすぐら》さで、由姫《ゆき》のペースに合《あ》わせてゆっくり進《すす》んでいく。

不気味《ぶきみ》な物音《ものおと》が聞《き》こえるたびに、隣《となり》にいる由姫《ゆき》がびくっと体《からだ》を震《ふる》わせていた。

「こ、こわいね……」

すっごい怯《おび》えてるな……大丈夫《だいじょうぶ》か……？

「俺《おれ》の服《ふく》、つかんでてもいいから」

「あ、ありがとう」

相当怖《そうとうこわ》いのか、ちょこんと俺《おれ》の服《ふく》をつかんだ由姫《ゆき》。

その動作《どうさ》がかわいくて、別《べつ》の意味《いみ》でドキドキしてしまう。

かわいい……今日《きょう》から、おばけ屋敷《やしき》が好《す》きになりそうだ。

「う～あ～！」

のんきにそんなことを思《おも》っていると、突然奥《とつぜんおく》から幽霊役《ゆうれいやく》のキャストが出《で》てきた。

雑《ざつ》な演出《えんしゅつ》だな……と思《おも》ったけど、由姫《ゆき》には効果絶大《こうかぜつだい》らしい。

「きゃああ‼」

悲鳴《ひめい》をあげて、そのましゃがみこんでしまった。

両耳《りょうみみ》を手《て》でふさぎ、ぷるぷると震《ふる》えている。

「大丈夫《だいじょうぶ》か？」

「や、やっぱり無理《むり》っ……こわいっ……」

完全《かんぜん》に動《うご》けなくなってしまった由姫《ゆき》を見《み》て、かわいそうになった。

おばけを怖《こわ》がってる由姫《ゆき》はかわいいけど……怖《こわ》がってる姿《すがた》を見《み》るのは、本望《ほんもう》じゃない。

どうするべきか……。

棄権《きけん》する手《て》もあるけど、由姫《ゆき》は景品《けいひん》が欲《ほ》しいんだもんな……。

「由姫《ゆき》、乗《の》って」

「えっ……」

しゃがみこんで、俺《おれ》の背中《せなか》に乗《の》るように伝《つた》える。

「走《はし》るから、つかまってて」

「で、でも……」

「大丈夫《だいじょうぶ》。一瞬《いっしゅん》で出口《でぐち》まで行《い》くから」

おぶったままダッシュして、最短距離《さいたんきょり》で脱出《だっしゅつ》しよう。

「あ、ありがとう、ようちゃんっ……」

由姫《ゆき》はそう言《い》って、俺《おれ》の背中《せなか》に乗《の》った。

体《からだ》、震《ふる》えてる……。

由姫《ゆき》の震《ふる》えが伝《つた》わってきて、ますますかわいそうになった。

もっとふたりきりでいたいけど……それ以上《いじょう》に、早《はや》く安心《あんしん》させてあげたい。

サッカーでつちかった脚力《きゃくりょく》を使《つか》う時《とき》だと思《おも》い、俺《おれ》はおばけ役《やく》のキャストの反応《はんのう》が追《お》いつかないくらいの速度《そくど》で走《はし》った。

……案外《あんがい》すぐだったな。

出口《でぐち》について、ふぅ……と息《いき》をつく。

「由姫《ゆき》、着《つ》いたよ」

「えっ……も、もう……？」

ぎゅっとしがみついていた力《ちから》がゆるんで、由姫《ゆき》が顔《かお》を上《あ》げた。

そっと下《お》ろして、ふたりで出口《でぐち》のゲートをくぐった。

「クリアおめでとうございます～！　こちら、景品《けいひん》のぬいぐるみです」

キャストから渡《わた》されたぬいぐるみを、嬉《うれ》しそうに受《う》け取《と》った由姫《ゆき》。

「ありがとうございますっ……！」

涙《なみだ》でいっぱいだった瞳《ひとみ》が輝《かがや》きを取《と》り戻《もど》したのを見《み》て、ほっとする。

「よかったな」

「あ……で、でも、これはようちゃんのものだよ……！　私《わたし》、ひとりだったらクリアできなかったから……！」

「俺《おれ》はいらないから、由姫《ゆき》がもらって」

「ようちゃん……」

由姫《ゆき》は戸惑《とまど》っていたけど、ぬいぐるみをぎゅっと抱《だ》きしめて笑《わら》ってくれた。

「ありがとうっ……宝物《たからもの》にするねっ……！」

やっぱり……由姫《ゆき》は笑顔《えがお》が一番《いちばん》だ。

一瞬《いっしゅん》だったけど、ペアになれてよかった。

ほかのやつがあんなかわいい由姫《ゆき》を見《み》たかもしれないと思《おも》うと嫉妬《しっと》するし、何《なに》かあった時《とき》に、由姫《ゆき》を助《たす》けるのはいつだって俺《おれ》でいたい。

好《す》きな人《ひと》の笑顔《えがお》を守《まも》れるように……もっと、強《つよ》くならないと。

嬉《うれ》しそうな由姫《ゆき》の笑顔《えがお》を見《み》て、そう誓《ちか》った。

最高《さいこう》の思《おも》い出《で》【side《サイド》 華生《かよい》】

やよと一緒《いっしょ》に、おばけ屋敷《やしき》を進《すす》む。

「う〜あ〜！」

「げっ」

突然《とつぜん》出《で》てきたおばけに、やよがびくっとした。

子供《こども》だましだな……こんなので怖《こわ》がるやついんのか……？

やよも大《おお》きな音《おと》に驚《おどろ》いただけで、怖《こわ》がっているわけではない。

「ちぇっ……今頃《いまごろ》財光寺《ざいこうじ》と由姫《ゆき》がふたりでいると思《おも》うと、ムカつく」

「なあ……走《はし》ったら、追《お》いつくんじゃない？」

「かよ！　それ名案《めいあん》！」

目《め》をきらきら輝《かがや》かせたやよににやっと笑《わら》って、ふたりで猛《もう》ダッシュした。

くそ……追《お》いつけなかった……ふたりとも、いったいどんなスピードでクリアしたんだよ……。

出口《でぐち》をぬけると、先《さき》にゴールしていた由姫《ゆき》と財光寺《ざいこうじ》がいた。

「由姫《ゆき》〜！　……って、は？」

由姫《ゆき》にかけ寄《よ》ろうとしたやよが、ぴたりと動《うご》きを止《と》める。

ん？　どうした……って……由姫《ゆき》？

目《め》が赤《あか》い……もしかして、泣《な》いたのか？

「弥生《やよい》くん、華生《かよい》くん！　お疲《つか》れ様《さま》！」

「な、なんで泣《な》いてるの……！」

「お前《まえ》、泣《な》かせたのか……」

財光寺《ざいこうじ》をにらむと、呆《あき》れたようなため息《いき》がかえってきた。

「ち、ちがうよ……！　私《わたし》が怖《こわ》くて動《うご》けなくなっちゃって……」

え……？

「怖《こわ》くて泣《な》いたの……？」

そう聞《き》くと、恥《は》ずかしそうに顔《かお》を真《ま》っ赤《か》にした由姫《ゆき》。

か……かわいすぎ……。

伝説級《でんせつきゅう》に強《つよ》いのに、あんなので泣《な》くとか……ギャップすぎる……。

「あ、あの、ようちゃんがおんぶして出口《でぐち》まで連《つ》れてきてくれたの！」

おんぶ……？　なるほど……だから追《お》いつけなかったわけだ……。

財光寺《ざいこうじ》、こいつ……。

キッとにらみつけると、勝《か》ち誇《ほこ》ったように鼻《はな》で笑《わら》われた。

「お前《まえ》……」

「はー、やっと出《で》られた……って、由姫《ゆき》？」

「お前《まえ》、由姫《ゆき》に何《なに》しやがった」

文句《もんく》を言《い》ってやろうとした時《とき》、海《かい》と氷高《ひだか》が出《で》てきて、ふたりも泣《な》いたあとのような顔《かお》をしている由姫《ゆき》に気《き》づいて財光寺《ざいこうじ》をにらんだ。

「ち、ちがうの……！　怖《こわ》くて私《わたし》が勝手《かって》に泣《な》いただけで、ようちゃんは助《たす》けてくれたんだよ……！」

律儀《りちぎ》にもう一度《いちど》説明《せつめい》している由姫《ゆき》と、その隣《となり》でドヤ顔《がお》の財光寺《ざいこうじ》。

こいつ……マジで一回《いっかい》どうにかしたい……。

「クリアおめでとうございます！　景品《けいひん》のぬいぐるみです～！」

景品《けいひん》を受《う》け取《と》った海《かい》が、すぐにそれを由姫《ゆき》に渡《わた》した。

「由姫《ゆき》、このぬいぐるみあげる」

「えっ……い、いいの？」

やよが目配《めくば》せしてきて、こくっとうなずいた。

「俺《おれ》たちのも！」

合計三《ごうけいみっ》つのぬいぐるみを抱《かか》えて、あたふたしている由姫《ゆき》。

「で、でも、みんなはいらないの……？　こんなにかわいいよ……？」

ぬいぐるみとかは興味《きょうみ》ないから、全然気《ぜんぜんき》にしなくていいのに。

おばけ屋敷《やしき》に入《はい》ったのもぬいぐるみのためだし、それに……。

由姫《ゆき》のほうが百億万倍《ひゃくおくまんばい》かわいいのに……。

「いい」

「俺《おれ》たちぬいぐるみ興味《きょうみ》ないから、由姫《ゆき》がもらって」

氷高《ひだか》と俺《おれ》の言葉《ことば》に、由姫《ゆき》がぱあっと顔《かお》を明《あか》るくした。

「あ、ありがとう……！　三《みっ》つとも宝物《たからもの》にする……！」

かわいい……。

由姫《ゆき》にぎゅっとされているぬいぐるみがうらやましくて、嫉妬《しっと》してしまいそうなくらい。

「重《おも》たいだろ。寮《りょう》まで持《も》つから貸《か》せ」

「俺《おれ》はこっち」

「俺《おれ》も持《も》つ」

氷高《ひだか》と海《かい》と財光寺《ざいこうじ》がぬいぐるみを代《か》わりに持《も》ち始《はじ》めて、俺《おれ》とやよが出遅《でおく》れてしまった。

こいつら、ポイント稼《かせ》ぎしやがって……。

「えっ……で、でも、悪《わる》いよ……！」

「気《き》にしなくていいから、行《い》くぞ」

「それじゃあ、俺《おれ》とかよは手《て》を握《にぎ》ってようかな～」

由姫《ゆき》の腕《うで》に抱《だ》きついたやよ。それ最高《さいこう》。

でかい三人《さんにん》には荷物《にもつ》持《も》ちしてもらって、俺《おれ》たちは由姫《ゆき》の隣《となり》を確保《かくほ》した。

「締《し》めるぞ」

「氷高《ひだか》、危険《きけん》だからふたりのことも担《かつ》いでおいて」

「出口《でぐち》はあっちだぞ」

へっ、好《す》きに言《い》ってろ。

その後《あと》も、由姫《ゆき》と一緒《いっしょ》にテーマパークを満喫《まんきつ》した。

帰《かえ》りの時間《じかん》になって、テーマパークの出口《でぐち》をくぐる。

「アトラクションは制覇《せいは》できたし、フードも美味《おい》しかったし……最高《さいこう》の思《おも》い出《で》になった……！」

「楽《たの》しかった〜！」

笑顔《えがお》の由姫《ゆき》を見《み》て、安心《あんしん》した。

一日楽《いちにちたの》しめたみたいで、よかった……。

俺《おれ》も……由姫《ゆき》とずっと一緒《いっしょ》にいられて、本当《ほんとう》に楽《たの》しかった。

帰《かえ》りたくないな……。

そう思《おも》っていたけど、帰《かえ》りのバスが到着《とうちゃく》してしまう。

「S《エス》クラスから、バスに乗《の》ってください〜」

……きたか、この時《とき》が。

男子全員《だんしぜんいん》、無言《むごん》で視線《しせん》を合《あ》わせた。

由姫《ゆき》の隣《となり》を巡《めぐ》って……真剣勝負《しんけんしょうぶ》だ。

「おい、お前《まえ》は行《い》きに隣座《となりすわ》ったんだからなしだろ」

「そんなルールないだろ！　俺《おれ》も参加《さんか》する！　つーか、それ言《い》うなら財光寺《ざいこうじ》だっておばけ屋敷一緒《やしきいっしょ》に回《まわ》っただろ！」

「また別《べつ》の話《はなし》だろ」

「はいはい、みんなでじゃんけんするよ～」

拳《こぶし》を突《つ》き出《だ》し、運命《うんめい》の勝負《しょうぶ》が始《はじ》まった。

「いくよ……じゃんけんぽん！」

俺《おれ》が出《だ》したのはチョキ。海《かい》もチョキを出《だ》していて、三人《さんにん》はパーを出《だ》していた。

よし……！

「くそ……」

「こんなの信《しん》じない……」

「ま、負《ま》けた……」

ひとまず勝《か》てたことにガッツポーズをしながら、深呼吸《しんこきゅう》をする。

……決勝戦《けっしょうせん》……。

俺《おれ》を見《み》て、海《かい》がほほえんだ。

「負《ま》けないよ」

それは俺《おれ》のセリフだ……。

由姫《ゆき》の隣《となり》に座《すわ》るのは……俺《おれ》だ……絶対《ぜったい》に、勝《か》つ……！

悩《なや》んだ結果《けっか》、グーを出《だ》した。

「あっ……」

か……勝《か》った……!!

「やった……！　由姫《ゆき》！　俺《おれ》が隣《となり》に座《すわ》る!!」

「うん！　一緒《いっしょ》に座《すわ》ろうっ」

もう一緒《いっしょ》に過《す》ごせる時間《じかん》も終《お》わりだと思《おも》ってたのに、最後《さいご》にこんなラッキーが起《お》こるなんて……。

「あーあ……じゃんけんの練習《れんしゅう》でもしようかな……」

「また双子《ふたご》かよ……」

「ちっ……」

「いいなぁ、かよ……」

由姫《ゆき》に窓際《まどぎわ》に座《すわ》ってもらって、通路側《つうろがわ》に座《すわ》る。

行《い》きはやよが隣《となり》に座《すわ》ってかちこちになってたけど……たしかに、この距離《きょり》は近《ちか》すぎる。

緊張《きんちょう》して、心臓《しんぞう》がうるさい……。

「本当《ほんとう》に窓際座《まどぎわすわ》っていいの？　無理《むり》してない？」

「うん、大丈夫《だいじょうぶ》！　ていうか、由姫《ゆき》、もしかして眠《ねむ》たい？」

「あ……うん、ちょっと眠《ねむ》たいかもっ……」

恥《は》ずかしそうに笑《わら》う由姫《ゆき》の笑顔《えがお》は、いつもよりもなんだかふにゃふにゃしている。

はぁ……かわいい……本当《ほんとう》に心臓《しんぞう》もつか、不安《ふあん》になってきたな……。

バスが発車《はっしゃ》して、小《ちい》さく深呼吸《しんこきゅう》をする。

落《お》ち着《つ》け、俺《おれ》……。

――ぽすっ。

え……？

肩《かた》に感《かん》じた温《ぬく》もりに、びくりと肩《かた》が跳《は》ねる。

ゆ、由姫《ゆき》……？

ゆっくり視線《しせん》を向《む》けると、俺《おれ》の肩《かた》に頭《あたま》を預《あず》けて、すやすや眠《ねむ》る由姫《ゆき》の寝顔《ねがお》が視界《しかい》に入《はい》った。

えっ……え……！

ど、どうしよう……やばい、由姫《ゆき》が俺《おれ》の肩《かた》で寝《ね》てる……。

由姫《ゆき》が起《お》きてしまうんじゃないかと思《おも》うほど心臓《しんぞう》がバクバクと音《おと》を立《た》てていて、大変《たいへん》なことになっていた。

れ、冷静《れいせい》に……動《うご》いたら由姫《ゆき》が起《お》きる……バスが到着《とうちゃく》するまで、このままじっとしてるんだ……。

……無理《むり》だ、平常心《へいじょうしん》なんか保《たも》てない……。

「お前《まえ》……離《はな》れやがれ」

隣《となり》の席《せき》の氷高《ひだか》が、いつも以上《いじょう》にするどい目《め》でにらんできた。

「おい！　由姫《ゆき》が起《お》きんだろ！」

小声《こごえ》でそう言《い》えば、ますます眉間《みけん》のシワを濃《こ》くしていた。

「ちっ……バスから降《お》りたら覚《おぼ》えてろよ」

「あー……なんで俺《おれ》、チョキなんか出《だ》したんだろ……」

「くそ……早《はや》く着《つ》けよ」

「かよ、いいなぁ……うらやましい……」

なんか、由姫《ゆき》からいい匂《にお》いするし……あれだけ走り回《まわ》ったのに、なんでこんないい匂《にお》いするんだろ……ていうか俺《おれ》、汗臭《あせくさ》くないかな……香水持《こうすいも》ってくればよかった……。

心臓《しんぞう》、やばい……。

でも、幸《しあわ》せすぎ……。

「校外学習《こうがいがくしゅう》、最高《さいこう》……」

本音《ほんね》を口《くち》にした瞬間《しゅんかん》、全員《ぜんいん》からにらまれたのは、言《い》うまでもない。

「みんな、着《つ》いたぞ〜」

担任《たんにん》の声《こえ》で、眠《ねむ》っていたクラスメイトたちが続々《ぞくぞく》と起《お》き始《はじ》める。

隣《となり》で眠《ねむ》っている由姫《ゆき》は、まだすやすや気持《きも》ちよさそうに寝《ね》ていた。

寝顔《ねがお》、ほんとにかわいい……。

起《お》こしたくないな……。

「早《はや》く降《お》りろ〜！」

名残惜《なごりお》しさを感《かん》じながら、そっと由姫《ゆき》の肩《かた》に触《ふ》れた。

「ゆ、由姫《ゆき》、ついたよ」

「……ん……あれ……？」

ゆっくりと、由姫《ゆき》の目《め》が開《ひら》いていく。

「ご、ごめんなさいっ……私《わたし》、ずっと寝《ね》てたっ……」

「き、気《き》にしないで……！」

「華生《かよい》くん、眠《ねむ》れなかったよね？　ごめんねっ……」

「ううん、俺《おれ》も寝《ね》てたから、ほんとに平気《へいき》だよ」

もちろんドキドキしすぎて一睡《いっすい》もしてないけど、幸《しあわ》せで疲《つか》れなんか吹《ふ》き飛《と》んだ。

「それより、由姫《ゆき》は眠《ねむ》れた？」

「うん、ぐっすりだったたっ……！　華生《かよい》くんのおかげ！」

寝起《ねお》きだからか、いつもより目《め》がたれ下《さ》がっている。

かわいいな、ほんと……。

「それはよかった。……いてっ！」

「早《はや》く降《お》りろ」

ちっ……氷高《ひだか》……。

「そうだよ、早《はや》くして～」

「邪魔《じゃま》」

海《かい》、財光寺《ざいこうじ》、こいつら……。

……まあ、幸《しあわ》せだったから、もうどうでもいいや。

バスを降《お》りて、すぐに解散《かいさん》になった。

六人《ろくにん》で、寮《りょう》のほうへと向《む》かって歩《ある》く。

「校外学習《こうがいがくしゅう》、楽《たの》しかったねっ……！」

「うん！」

微笑《ほほえ》み合《あ》っている由姫《ゆき》とやよを見《み》て、ますます幸《しあわ》せな気持《きも》ちになった。

次《つぎ》は……由姫《ゆき》とやよと三人《さんにん》で、テーマパークに行《い》きたいな。

まあ……たまには大人数《おおにんずう》で、行《い》ってやってもいいけど。

こうして校外学習《こうがいがくしゅう》は幕《まく》を下《お》ろし、俺《おれ》にとっての最高《さいこう》の思《おも》い出《で》になった。

End

Utaite!
ウタイテ!
~みんなが空《そら》に夢中《むちゅう》♡編《へん》~

キャラクター紹介《しょうかい》

スカイライト

女子中学生《じょしちゅうがくせい》を中心《ちゅうしん》に大人気《だいにんき》の五《ご》人組歌《にんぐみうた》い手《て》グループ。メンバー全《ぜん》員《いん》、天気《てんき》にまつわる名前《なまえ》。顔出《かおだ》しはしていないため、容姿《ようし》はトップシークレット。全員超美声《ぜんいんちょうびせい》で、たくさんのファンを魅了《みりょう》している。

イラストを描《か》くことが大好《だいす》きで、目《め》立《だ》つことと男《おとこ》の子《こ》が苦手《にがて》な女《おんな》の子《こ》。

中《ちゅう》1

日和《ひより》 空《そら》

笑顔《えがお》がまぶしい元気《げんき》なさわやかイケメン男《だん》子《し》。クラスの人気者《にんきもの》で運動神経抜群《うんどうしんけいばつぐん》。

中《ちゅう》1

天陽《てんよう》 晴《はれ》

ぶっきらぼうで怒《おこ》りっぽいけど、正直者《しょうじきもの》で誰《だれ》よりも情《じょう》に厚《あつ》いタイプ。

中《ちゅう》1

稲妻《いなづま》 雷《らい》

中《ちゅう》1

雫川《しずくがわ》 雨《あめ》

青《あお》い髪色《かみいろ》でおっとりしていて、ふわふわした雰《ふん》囲気《いき》のいやし系男子《けいだんし》。

中《ちゅう》2

氷花《ひょうか》 雪《ゆき》

天空学園理事長《てんくうがくえんりじちょう》のひとり息子《むすこ》で生徒会長《せいとかいちょう》。王《おう》子《じ》さまタイプ。

中《ちゅう》2

夜霧《やぎり》 雲《くも》

生徒会副会長《せいとかいふくかいちょう》。物静《ものしず》かで口《くち》数《かず》が少《すく》なく、何《なに》を考《かん》えているかわからないクール男子《だんし》。

あらすじ
中《ちゅう》１の空《そら》は、絵《え》を描《か》くことが大好《だいす》きな女《おんな》の子《こ》。
そして、超人気《ちょうにんき》ウタイテグループ「スカイライト」の専属《せんぞく》イラストレーター！
スカイライトの正体《しょうたい》である生徒会《せいとかい》メンバーは、みんな空《そら》のことが大好《だいす》きで……？
取《と》り合《あ》い加速《かそく》!!
空《そら》への愛《あい》がとまらない
番外編《ばんがいへん》♡

呼《よ》び出《だ》し？

休日《きゅうじつ》。今日《きょう》は生徒会《せいとかい》のみんなと集《あつ》まる予定《よてい》もないから、家《いえ》で仕事《しごと》をしていた。
——プルルル、プルルル。
あれ、電話《でんわ》？　誰《だれ》からだろう……？
画面《がめん》を見《み》ると、そこには「雷《らい》くん」の文字《もじ》が表示《ひょうじ》されていた。
雷《らい》くんから急《きゅう》に電話《でんわ》がかかってくるなんて、めずらしい……何《なに》かあったのかな？
心配《しんぱい》になって、すぐに電話《でんわ》に出《で》る。
「はい、もしも……」
『空《そら》ぁ〜』
……っ、え？
この声《こえ》はたしかに雷《らい》くんだ。だけど、普段《ふだん》の雷《らい》くんとはちがう甘《あま》えるような話《はな》し方《かた》。
「ら、雷《らい》くん？　どうしたの？」
『空《そら》に会《あ》いたい……早《はや》く生徒会室《せいとかいしつ》来《き》てくれよぉ……』

生徒会室《せいとかいしつ》にいるのかな……？
様子《ようす》がおかしい気《き》がする……あっ！
もしかして雷《らい》くん、前髪《まえがみ》が……！
雷《らい》くんは、前髪《まえがみ》を下《お》ろすと性格《せいかく》が変《か》わってしまう。
今《いま》も、人格《じんかく》が変《か》わってしまってるんじゃないのかな……!?
『あっ、ちょっ、離《はな》せぇ～！』
『そ、空《そら》、来《こ》なくていいから……！』
晴《はれ》くんの声《こえ》……？
晴《はれ》くんも一緒《いっしょ》にいるのかな？
耳《みみ》をすませると、なんだかドタバタとあわただしい音《おと》が聞《き》こえた。
　みんなで生徒会室《せいとかいしつ》にいるのかも……雷《らい》くんが暴《あば》れてるとか……？
と、とにかく、私《わたし》も向《む》かおう……！
晴《はれ》くんには来《こ》なくていいって言《い》われたけ

ど、心配《しんぱい》だっ……！

急《いそ》いで支度《したく》をして、家《いえ》を出《で》た。


休日《きゅうじつ》は学校《がっこう》が開《あ》いてないけど、今日《きょう》は部活《ぶかつ》の練習《れんしゅう》試合《じあい》でもあるのか正門《せいもん》から入《はい》ることができた。


「みんな……！」

生徒会室《せいとかいしつ》について、勢《いきお》いよく扉《とびら》を開《あ》ける。

中《なか》には、スカイライトメンバー全員《ぜんいん》の姿《すがた》が。

みんなが雷《らい》くんを押《お》さえつけて、前髪《まえがみ》のピンを止《と》めようと奮闘《ふんとう》していた。

「そ、空《そら》……！」

私《わたし》が現《あらわ》れたことに、みんなびっくりしている。

「空《そら》ぁ〜！」

「あっ……雷《らい》！」

みんなの隙《すき》をついて逃《に》げ出《だ》した雷《らい》くんが、涙《なみだ》を浮《う》かべながらこっちに走《はし》ってきた。

「うわっ……！」

ぎゅっと飛《と》びついてきた雷《らい》くんを、なんとか受《う》け止《と》める。

「ら、雷《らい》くん、どうしたの？」

ま、前髪《まえがみ》を下《お》ろしている雷《らい》くん、久《ひさ》しぶりに見《み》たっ……。

「俺《おれ》は空《そら》に会《あ》いにいこうとしたのに、こいつらが止《と》めてくるんだっ」

「こうなると思《おも》ったから、会《あ》わせたくなかったのに……」

雪《ゆき》くんが頭《あたま》を押《お》さえて、ため息《いき》をついた。

「ど、どうして前髪《まえがみ》のピンが外《はず》れたの？」

「実《じつ》は……雷《らい》くんここ最近《さいきん》寝《ね》る時間《じかん》をけずって活動《かつどう》してて、疲《つか》れが溜《た》まってたみたいなんだ～……」

「生徒会《せいとかい》に来《き》たら、こうなっていた。俺《おれ》たちには止《と》められなかったんだ」

雨《あめ》くんと雲《くも》くんが説明《せつめい》してくれて、「そうだったんだね」と苦笑《にがわら》いする。

「俺《おれ》、疲《つか》れたから、空《そら》に会《あ》って癒《いや》されたくて……」

だから電話《でんわ》をかけてきてくれたのかな……？

「ふふっ、癒《いや》しにならないかもしれないけど、私《わたし》でよかったら一緒《いっしょ》にいるよ」

「空《そら》ぁ～……」

ぎゅううっと、さっきより強《つよ》く抱《だ》きついてくる雷《らい》くん。

苦《くる》しいけど、なんだかちょっとかわいい。

「雷《らい》くん、寝《ね》る間《ま》も惜《お》しんでって言《い》ってたけど……もしかして徹夜《てつや》したの？」

「うん……徹夜三日目《てつやみっかめ》……」

み、三日目《みっかめ》……!?

「それは体《からだ》に悪《わる》すぎるよ……！　仮眠室《かみんしつ》で、ちょっと休《やす》もう？」

ちゃんと睡眠《すいみん》をとってもらわなきゃ……！

「いなくならない？」

不安《ふあん》そうに見《み》つめてくる雷《らい》くんに、母性本能《ぼせいほんのう》がくすぐられた。

か、かわいいっ……。

「うん！　そばにいるよ、約束《やくそく》する」

「じゃあ……休《やす》む」

おとなしく言《い》うことを聞《き》いてくれてる雷《らい》くんに、笑顔《えがお》を返《かえ》す。

「空《そら》ちゃんの言《い》うことは聞《き》くのか……」

「ほんと、俺《おれ》たちが何言《なにい》っても聞《き》かなかったのに……」

そうだったんだっ……。

どうして私《わたし》の言《い》うことは聞《き》いてくれるのかわからないけど、仮眠室《かみんしつ》に雷《らい》くんを案内《あんない》して、ベッドで横《よこ》になってもらった。

眠《ねむ》たいのか、すぐにうとうとし始《はじ》めた雷《らい》くん。

「空《そら》……手《て》、握《にぎ》ってて……」

「ふふっ、うん」

ぎゅっと握《にぎ》ると、雷《らい》くんは嬉《うれ》しそうに微笑《ほほえ》んだ。

そのままゆっくりと目《め》を閉《と》じた雷《らい》くんから、すやすやと規則正《きそくただ》しい寝息《ねいき》が聞《き》こえてくる。

「今《いま》だっ……！」

後《うし》ろにいた晴《はれ》くんたちが、急《いそ》いで雷《らい》くんの前髪《まえがみ》をセットした。

「ふぅ……これで起《お》きても大丈夫《だいじょうぶ》だろうな……」

大仕事《おおしごと》を終《お》えた後《あと》のように、ひと息《いき》ついているみんな。

そ、相当大変《そうとうたいへん》だったんだろうな……あはは……。

「みんな、お疲《つか》れ様《さま》……」

ねぎらいの言葉《ことば》をかけると、みんなが笑顔《えがお》を返《かえ》してくれた。

リアル天使《てんし》【side《サイド》 雷《らい》】

ゆっくりと目《め》が覚《さ》めて、視界《しかい》が広《ひろ》がっていく。
目《め》の前《まえ》には、真《ま》っ白《しろ》な天井《てんじょう》。
ここ、どこだ……？
俺《おれ》、寝《ね》てた……？
体《からだ》を起《お》こそうとした時《とき》、誰《だれ》かに手《て》を握《にぎ》られていることに気《き》づいた。
……って、空《そら》……！
なぜか俺《おれ》の手《て》を握《にぎ》って、すやすや眠《ねむ》っている空《そら》。
どういう状況《じょうきょう》かわからず、パニックになった。
ここ、仮眠室《かみんしつ》だよな……？　な、なんでこんなことに……！
「目《め》が覚《さ》めた？」
雪《ゆき》の声《こえ》がして顔《かお》を上《あ》げると、扉《とびら》のところに四人《よにん》が立《た》っていた。
みんな、うらやましそうに俺《おれ》をじっと見《み》ている。

「お前《まえ》ら……な、なんでこんなことになってんだ⁉」

空《そら》を起《お》こさないように、できるだけ小《ちい》さい声《こえ》で聞《き》いた。

「雷《らい》くんが空《そら》ちゃんを呼《よ》び出《だ》したんだよ〜」

お、俺《おれ》が……？

「お前《まえ》がそばにいてくれって頼《たの》むから、寝《ね》てる間《あいだ》も空《そら》はずっとここにいたんだ」

「お、俺《おれ》、そんなこと言《い》ったのか……？」

「また覚《おぼ》えてないんだ……はぁ……」

呆《あき》れ顔《がお》の晴《はれ》にムカつくけど、本当《ほんとう》に何《なに》も覚《おぼ》えてない。

「空《そら》ぁ〜って言《い》って、甘《あま》えてたよ雷《らい》くん〜」

マネをしているのか、雨《あめ》の言葉《ことば》に顔《かお》が真《ま》っ赤《か》になった。

お、俺《おれ》が甘《あま》えてたって……ほ、ほんとなのかよっ……！

つーか、その場合《ばあい》、空《そら》が甘《あま》やかしてくれてたってことかっ……？

恥《は》ずかしいけど、記《き》憶《おく》がないことを悔《く》やんだ。

「……んー……」

あっ、起《お》こしたかも……！

一瞬焦《いっしゅんあせ》ったけど、空《そら》の目《め》は開《あ》かない。

目《め》をつむったまま、ふにゃっと効果音《こうかおん》がつきそうなかわいい笑顔《えがお》を浮《う》かべた空《そら》。

「雷《らい》くん……おつかれ、さま……」

「……っ！」

ね、寝言《ねごと》……？　か、かわいすぎっ……。

最近疲《さいきんつか》れていたけど、その疲《つか》れも吹《ふ》き飛《と》ぶくらいの癒《いや》しだ。

「いいなぁ……」

「雷《らい》、ずるい……」

「僕《ぼく》も空《そら》ちゃんに甘《あま》やかされた〜い」

「俺《おれ》も雷《らい》みたいに、正気《しょうき》を失《うしな》ったフリをして甘《あま》えてみるか……」

「や、やめろ！」

甘《あま》やかすのは……俺《おれ》だけに、してほしい……。

空《そら》が起《お》きるまで、俺《おれ》はその手《て》を離《はな》さなかった。

お宅訪問《たくほうもん》

終《お》わったぁ……。

学校《がっこう》から家《いえ》に帰《かえ》ってきて、漫画《まんが》の仕事《しごと》をしていた。

原稿《げんこう》が完成《かんせい》して、大《おお》きく伸《の》びをする。

――ピロンッ。

あれ、雨《あめ》くんからメッセージだ……どうしたんだろう？

【空《そら》ちゃん、明日《あした》か明後日《あさって》空《あ》いてない？】

【家族《かぞく》が空《そら》ちゃんに会《あ》いたいって言《い》ってて……よかったらうちに遊《あそ》びに来《き》てくれないかな？】

雨《あめ》くんママと、お姉《ねえ》さんたちがっ……？

うれしくて、すぐにぜひ行《い》きたいと返事《へんじ》をした。

次《つぎ》の日《ひ》、雨《あめ》くんとお姉《ねえ》さんが車《くるま》で家《いえ》まで迎《むか》えにきてくれた。

「空《そら》ちゃん、いらっしゃい〜！」

みなさんが歓迎《かんげい》してくれて、雨《あめ》くんたちの家《いえ》にお邪魔《じゃま》する。

「元気《げんき》だった〜？　もう、空《そら》ちゃんに会《あ》いたくて会《あ》いたくて〜」

「お母《かあ》さん、しょっちゅう空《そら》ちゃんのこと聞《き》いてきてたんだよ」

そうだったんだ……うれしいっ……。

「ありがとうございますっ……わ、私《わたし》も、雨《あめ》くんママとお姉《ねえ》さんたちにお会《あ》いしたかったですっ……」

「まあ、かわいい〜！　空《そら》ちゃんなら毎日《まいにち》来《き》てほしいわ〜！」

雨《あめ》くんのおうちって、みんな優《やさ》しくて、本当《ほんとう》に温《あたた》かいなっ……。

雨《あめ》くんママが用意《ようい》してくれたスイーツをいただきながら、いろんなお話《はなし》をした。

私《わたし》やお姉《ねえ》さんのお話《はなし》、雨《あめ》くんのお話《はなし》……楽《たの》しくて、あっという間《ま》に時間《じかん》が過《す》ぎていく。

「あ、僕《ぼく》ちょっと電話《でんわ》してくるね〜」

誰《だれ》かから電話《でんわ》が来《き》たのか、雨《あめ》くんがリビングを出《で》ていった。

「それにしても……空《そら》ちゃん、ほんとかわいいわぁ……」

私《わたし》の顔《かお》をまじまじと見《み》ながら、お姉《ねえ》さんがそう言《い》った。

えっ……か、かわいい……？

「うん……ほんと、目《め》の保養《ほよう》」

め、目《め》の保養《ほよう》……？

「そのまま学校通《がっこうかよ》ってるんだよね？　大丈夫《だいじょうぶ》？」

「えっと……？」

大丈夫《だいじょうぶ》の意味《いみ》がわからずに、首《くび》をかしげてしまう。

何《なに》を心配《しんぱい》してくれてるんだろう……？

「言《い》い寄《よ》られまくってるでしょ？」

「モテ過《す》ぎて大変《たいへん》じゃない？」

「も、モテ……？」

「あ、そっか。空《そら》ちゃんは無自覚《むじかく》だって雨《あめ》が言《い》ってたわ」

お姉《ねえ》さんが言《い》ってることがやっぱりわからなくて、困惑《こんわく》してしまった。

「こんなにかわいいのに、なんで……？　もはや怖《こわ》いんだけど」

「でも、空《そら》ちゃん天然《てんねん》だからわかるかも」

「変《へん》なやつに引《ひ》っかからないか、お姉《ねえ》さんたち心配《しんぱい》だよ……」

話《はなし》の内容《ないよう》はわからないけど、ぎゅっと抱《だ》きしめられてくすぐったい気持《きも》ちになった。

「そうだよ、あたしたちの空《そら》ちゃんなんだから……！」

「困《こま》ったことがあったら、いつでもあたしたちに相談《そうだん》してね！　空《そら》ちゃんのことは、もう妹《いもうと》だと思《おも》ってるから！」

お姉《ねえ》さんたち……。

うれしくて、じーんと感動《かんどう》する。

「は、はいっ……！　ありがとうございますっ……！」

「かわいい〜！」

「こ、こんなに素敵《すてき》なお姉《ねえ》さんがいるなんて、し、幸《しあわ》せです」

「天使《てんし》〜！」

みんなに抱《だ》きしめられて、幸《しあわ》せで口元《くちもと》がゆるみっぱなしになった。

「ねえ空《そら》ちゃん、うちに嫁《よめ》に来《こ》ない？」

「え？」

「空《そら》ちゃんと雨《あめ》が結婚《けっこん》すれば、あたしたち本当《ほんとう》の姉妹《しまい》になれるでしょ？」

た、たしかに、そうなるのかなっ……？

お姉《ねえ》さんや雨《あめ》くんママのことは大好《だいす》きだけどこれは私《わたし》ひとりでは決《き》められない。

「で、でも、雨《あめ》くんが嫌《いや》だと思《おも》います……」

雨《あめ》くんは素敵《すてき》な人《ひと》だから、同《おな》じくらい素敵《すてき》な人《ひと》がお似合《にあ》いだっ……。

私《わたし》は不《ふ》つり合《あ》いだし、結婚《けっこん》させられる雨《あめ》くんがかわいそう……。

「ちょっとちょっと、なんの話《はなし》してるの～？」

電話《でんわ》が終《お》わったのか、雨《あめ》くんがリビングに戻《もど》ってきた。

「空《そら》ちゃんと雨《あめ》が結婚《けっこん》したらいいのにって話《はなし》」

「空《そら》ちゃんのことからかわないであげて～。ていうか、お姉《ねえ》ちゃんは彼氏《かれし》とどうなの？

結婚《けっこん》しないの～？」

「あたしの話《はなし》はいいのよ。それに、別《わか》れたし」

「え！　また別《わか》れたの!?」

雨《あめ》くんが止《と》めに入《はい》ってくれて、話《はなし》がお姉《ねえ》さんの恋《こい》バナに変《か》わる。

よ、よかった……。

ほっ……と、こっそり息《いき》をついた。

お嫁《よめ》さん【side《サイド》 雨《あめ》】

雷《らい》くんから電話《でんわ》がかかってきて、少《すこ》しの間《あいだ》部屋《へや》で話《はな》していた。

リビングに戻《もど》ると、お姉《ねえ》ちゃんたちの会話《かいわ》が聞《き》こえた。

「ねえ空《そら》ちゃん、うちに嫁《よめ》に来《こ》ない？」

「え？」

「空《そら》ちゃんと雨《あめ》が結婚《けっこん》すれば、あたしたち本当《ほんとう》の姉妹《しまい》になれるでしょ？」

お姉《ねえ》ちゃんたちってば、何言《なにい》ってるんだろう……。

「で、でも、雨《あめ》くんが嫌《いや》だと思《おも》います……」

気《き》をつかっている空《そら》ちゃんの声《こえ》が聞《き》こえて、あわてて中《なか》に入《はい》った。

「ちょっとちょっと、なんの話《はなし》してるの～？」

ヒートアップする前《まえ》に、話題《わだい》を変《か》える。

空《そら》ちゃんのこと、困《こま》らせたくないから。

「え！　また別《わか》れたの!?」

お姉《ねえ》ちゃんたちが恋《こい》バナで盛《も》り上《あ》がっているうちに、空《そら》ちゃんにそっと声《こえ》をかけた。

「ねえ、ちょっと僕《ぼく》の部屋《へや》に来《き》てくれないかな？　見《み》てほしいものがあるんだ」

「うん！」

空《そら》ちゃんについてきてもらって、僕《ぼく》の部屋《へや》に移動《いどう》する。

僕《ぼく》は空《そら》ちゃんに見《み》てほしかったものを、部屋《へや》の奥《おく》から持《も》ってきた。

「これ……大《おお》きな大会《たいかい》ではないんだけど……」

格闘技《かくとうぎ》を再開《さいかい》して、同年代《どうねんだい》の大会《たいかい》に出《で》た。

そこで優勝《ゆうしょう》して、トロフィーをもらったんだ。

「え……す、すごい、優勝《ゆうしょう》……!?」

「空《そら》ちゃんが背中《せなか》を押《お》してくれたから……空《そら》ちゃんには、報告《ほうこく》したくて」

自慢《じまん》したかったとかそういうんじゃなくて、これは空《そら》ちゃんが取《と》らせてくれた勝利《しょうり》だって思《おも》ったから……。

「すごいよ、雨《あめ》くん……！」

「へへ、ありがとう。それとね、見《み》て！」

僕《ぼく》はもうひとつ、見《み》せたかったものを渡《わた》した。

「景品《けいひん》のひとつに、これがあったんだ。ごぼちゃんグッズセット」

「えっ……！」

「空《そら》ちゃんにあげる」

かわいくラッピングされたそれを渡《わた》すと、空《そら》ちゃんはぱあっと目《め》を輝《かがや》かせた。

「い、いいのっ……？」

「うん！　僕《ぼく》は必要《ひつよう》ないから、空《そら》ちゃんがもらってくれると嬉《うれ》しい」

「これ、私《わたし》も持《も》ってなくて、すごくレアなものなの……！　本当《ほんとう》にありがとうっ……！」

嬉《うれ》しそうに抱《だ》きしめている空《そら》ちゃんを見《み》て、愛《いと》おしい気持《きも》ちがあふれた。

かわいいな……。

「そういえば……空《そら》ちゃん、さっきはお姉《ねえ》ちゃんたちがごめんね」

「え？」

「僕《ぼく》がリビングにいない間《あいだ》に、からかわれてたでしょ？」

嫌《いや》な気分《きぶん》にさせたんじゃないかと思《おも》って、空《そら》ちゃんに謝《あやま》った。

「う、ううん……！　私《わたし》のほうこそごめんね……！」

「え？　どうして謝《あやま》るの？」

空《そら》ちゃんが謝《あやま》る必要《ひつよう》なんて、少《すこ》しもないのに……。

「か、からかわれて、雨《あめ》くんが嫌《いや》な思《おも》いしてないかなって……」

申《もう》し訳《わけ》なさそうに、僕《ぼく》を見《み》つめてきた空《そら》ちゃん。

そういえば……。

『で、でも、雨《あめ》くんが嫌《いや》だと思《おも》います……』

さっきもそんなこと言《い》ってたけど……空《そら》ちゃんは本当《ほんとう》に僕《ぼく》が嫌《いや》がると思《おも》ってるのかな？

だとしたら……好《す》きな子《こ》にそんなふうに思《おも》わせてしまっている、僕《ぼく》が悪《わる》いな。

「空《そら》ちゃん、勘違《かんちが》いしてるよ」

「え？」

嫌《いや》なんて……そんなわけないのに。

「僕《ぼく》は……空《そら》ちゃんと結婚《けっこん》したいなって、思《おも》ってるよ」

空《そら》ちゃんのまんまるな目《め》が、さらに大《おお》きくなった。

照《て》れたように、その頬《ほお》が赤《あか》く染《そ》まる。

「え、えっと……あ、ありがとう」

今度《こんど》は、お世辞《せじ》だと思《おも》わせたかな……？

「本気《ほんき》だよ」

じっと空《そら》ちゃんを見《み》つめると、その顔《かお》がさらに赤《あか》くなった。

その反応《はんのう》、ちょっとかわいすぎるな……。

このまま、抱《だ》きしめちゃダメかな……。

なんて、嫌《きら》われたくないからそんなことしないけど……。

「真剣《しんけん》に考《かんが》えておいてね」

そう付《つ》け足《た》すと、空《そら》ちゃんは困《こま》ったように「う、うん」と言《い》った。

多分《たぶん》わかってないだろうけど、今日《きょう》はここまでにしておこう。

いつか本当《ほんとう》に、空《そら》ちゃんと結婚《けっこん》できたら……。

想像《そうぞう》するだけで幸《しあわ》せで、僕《ぼく》の目標《もくひょう》がより明確《めいかく》になった気《き》がした。

緊張《きんちょう》の理由《りゆう》

授業《じゅぎょう》が終《お》わって、帰《かえ》る支度《したく》をする。

今日《きょう》は学校全体《がっこうぜんたい》の設備《せつび》チェックがあるらしくて、生徒会《せいとかい》はお休《やす》みだ。

晴《はれ》くんは今日《きょう》他校《たこう》であるサッカー部《ぶ》の助《すけ》っ人《と》を頼《たの》まれたらしく、早々《そうそう》に教室《きょうしつ》を出《で》ていった。

海《うみ》ちゃんは習《なら》い事《ごと》で、炎《えん》くんはダクエレの集《あつ》まりがあるらしく、みんなにバイバイをして私《わたし》も教室《きょうしつ》を出《で》る。

「空《そら》」

あれ……？

「雲《くも》くん？　どうしたの、こんなところで……」

二年生《にねんせい》の雲《くも》くんが一年生《いちねんせい》の階《かい》にいるなんて、めずらしい。

周《まわ》りにいる女《おんな》の子《こ》たちが、目《め》をハートにして雲《くも》くんを見《み》ていた。

「空《そら》を探《さが》してたんだ。会《あ》えてよかった」

私《わたし》……？

「この後《あと》、時間《じかん》あったりしないか？　実《じつ》は……空《そら》に付《つ》き合《あ》ってほしいところがあるんだ」

「今日《きょう》は予定《よてい》がないから大丈夫《だいじょうぶ》だよ。付《つ》き合《あ》ってほしいところって？」

「それは……」

雲《くも》くんに連《つ》れられてきたのは、駅前《えきまえ》のカフェだった。

「期間限定《きかんげんてい》のスイーツのオーダーブッフェが開催《かいさい》されていたんだが、今日《きょう》までだったんだ」

「そうだったんだ……！　全部《ぜんぶ》すごく美味《おい》しそう……！」

メニューを見《み》ているだけで胸《むね》が躍《おど》るくらい、美味《おい》しそうなスイーツばっかりだ。

「誘《さそ》ってくれて、ありがとう……！」

「俺《おれ》のほうこそ、一緒《いっしょ》に来《き》てくれてありがとう」

「ブッフェってことは食《た》べ放題《ほうだい》だよね……？　たくさん食《た》べなきゃ……！」

「ああ。俺《おれ》もそのつもりだ」

ふたりで微笑《ほほえ》み合《あ》って、食《た》べたいスイーツを注文《ちゅうもん》した。

「ガトーショコラとショートケーキ、チョコレートムースのケーキに、プリンとイチゴタルト、それから……」

そ、そんなに食《た》べられるのっ……？

あまりに長《なが》い雲《くも》くんの注文《ちゅうもん》に、店員《てんいん》さんも戸惑《とまど》ってる。

心配《しんぱい》になったけど、雲《くも》くんはいつもどこにその量《りょう》が入《はい》るんだろうって不思議《ふしぎ》になるくらい食《た》べているし……きっと大丈夫《だいじょうぶ》なのかなっ……。

ケーキが届《とど》いて、雲《くも》くんはぱくぱくとすごい速《はや》さで食《た》べ進《すす》めていった。

あっという間《ま》に完食《かんしょく》して、食《た》べっぷりに驚《おどろ》いてしまう。

「す、すごいね、雲《くも》くん……」

「いや……もう腹《はら》がいっぱいだ……胃袋《いぶくろ》が小《ちい》さくなったのかもしれない」

「こ、この量《りょう》で少《すく》ないの？」

大食《おおぐ》いキングになれる量《りょう》だと思《おも》うけどなっ……。

「いつもなら無限《むげん》に入《はい》る。……空《そら》とふたりだからかもしれないいな」

え？　私《わたし》とふたりだから……？

わ、私《わたし》、何《なに》かしちゃったかなっ……？

「ご、ごめんねっ……！」

「いやちがう。俺《おれ》の問題《もんだい》だ」

ふっと笑《わら》った雲《くも》くんの頬《ほお》が、少《すこ》し赤《あか》くなっていることに気《き》づいた。

「好《す》きな相手《あいて》とふたりきりだから、緊張《きんちょう》してるんだ」

ストレートな言葉《ことば》に、ぼぼっと顔《かお》が熱《あつ》くなる。

相変《あいか》わらず、雲《くも》くんはドがつくほど直球《ちょっきゅう》だ……。

私《わたし》のほうが恥《は》ずかしくなって、ごまかすようにショートケーキを口《くち》の中《なか》に放《ほう》り込《こ》んだ。

ふたりきり【side《サイド》雲《くも》】

空《そら》を誘《さそ》って、行《い》きたかったカフェに来《き》た。

スイーツが食《た》べたかったたっていうのもあるが、正直《しょうじき》なところ……空《そら》とふたりで出《で》かけたかっただけだ。

まさか、自分《じぶん》が大好物《だいこうぶつ》のスイーツを口実《こうじつ》に使《つか》う日《ひ》がくるなんて、思《おも》いもしなかった。

恋《こい》っていうのは、根本《こんぽん》から人《ひと》を変《か》えてしまうらしい。

「混《こ》んできたね……もうお腹《なか》いっぱいだし、そろそろお店《みせ》でよっか？」

周《まわ》りに気《き》を配《くば》れるのは空《そら》のいいところだし、尊敬《そんけい》している。けど……もう少《すこ》し……空《そら》といたい……。

ふたりきりの時間《じかん》がまだ続《つづ》いてほしいと、わがままなことを思《おも》った。

「あの……この後《あと》は、用事《ようじ》はあるのか？」

「ううん。用事《ようじ》はないんだけど……まだ時間《じかん》があるから、街《まち》をブラブラして帰《かえ》ろうかなって。よかったら、雲《くも》くんも一緒《いっしょ》に歩《ある》かない……？」

空《そら》の提案《ていあん》に、俺《おれ》は何度《なんど》も首《くび》を縦《たて》に振《ふ》った。

「あ、歩《ある》く。俺《おれ》もこの後用事《あとようじ》がないから、どこか行《い》きたいと思《おも》っていた……」

空《そら》とまだ一緒《いっしょ》にいられるんだと思《おも》うと、それだけで幸《しあわ》せになった。


特《とく》に行《い》く当《あ》てもなく、ふたりで街《まち》を歩《ある》く。

空《そら》はネタ探《さが》しのために、たまに散歩《さんぽ》をするって言《い》っていたが……こういう時間《じかん》も、いいな……。


いや……空《そら》が隣《となり》にいるから、この時間《じかん》が愛《いと》おしく思《おも》えるだけか。

目《め》の前《まえ》に小《ちい》さな店《みせ》が見《み》えて、俺《おれ》は空《そら》を見《み》た。

「空《そら》、ここの雑貨屋《ざっかや》に行《い》きたいって言《い》ってなかったか」

「うん……！　覚《おぼ》えててくれたんだね……！」

当然《とうぜん》だ。空《そら》の言《い》っていたことは、全部覚《ぜんぶおぼ》えてる。

いや……全部《ぜんぶ》は、気持《きも》ち悪《わる》いか……。

「入《はい》ったらどうだ？」

「いや、でも……今度《こんど》で大丈夫《だいじょうぶ》だよ！」

ん？　何《なに》か理由《りゆう》でもあるのか？

「どうしてだ？」

「店内混《てんないこ》んでるし……雲《くも》くん、こういうお店《みせ》は苦手《にがて》じゃない……？」

あ……そういうことか。

店《みせ》に入《はい》っていく客《きゃく》はみんな女性《じょせい》で、よく見《み》ると中《なか》は混《こ》んでいるように見《み》える。

女性《じょせい》の多《おお》い場所《ばしょ》で、俺《おれ》が気分《きぶん》が悪《わる》くなったことがあるから……気《き》をつかってくれたんだろう。

たまにはわがままになってもいいのに……空《そら》はいつも、自分《じぶん》より周《まわ》りを優先《ゆうせん》する……。

「少《すこ》しくらい平気《へいき》だ。せっかくだし、寄《よ》っていこう」

「ほ、ほんとに大丈夫《だいじょうぶ》？」

「ああ」

「えへへ、ありがとうっ……」

……かわいい。

空《そら》の笑顔《えがお》は、世界《せかい》を救《すく》える気《き》がするな……。

「わっ……見《み》て、これすごくかわいいっ……」

店内《てんない》に入《はい》って、目《め》をきらきらさせながら商品《しょうひん》を見《み》ている空《そら》。

「ああ……すごくかわいい」

本当《ほんとう》にかわいい……一瞬《いっしゅん》も目《め》をそらしたくない……。

空《そら》だけを見《み》ていたかったが、どうしても店内《てんない》が広《ひろ》くないからほかの客《きゃく》とぶつかってしまったり、周《まわ》りの声《こえ》が耳《みみ》に入《はい》ってくる。

「ねえ、あの人《ひと》すごいかっこいい」

「連絡先聞《れんらくさきき》けないかな～……」

「でも、隣《となり》にめちゃくちゃかわいい子《こ》いるし、無理《むり》だよ……」

やはり、女性《じょせい》だらけの空間《くうかん》っていうのは、まだ抵抗《ていこう》がある……。

「く、雲《くも》くん、顔色悪《かおいろわる》いよ……！」

空《そら》が俺《おれ》を見《み》て、心配《しんぱい》そうに眉《まゆ》の端《はし》を下《さ》げた。

「……悪《わる》い、ちょっと外《そと》に出《で》てる。空《そら》はゆっくり見《み》ててくれ」

せっかく空《そら》が楽《たの》しんでいたのに、台《だい》なしにしてしまった……。

俺《おれ》ももっと、女性《じょせい》への耐性《たいせい》をつけないといけない……。

空《そら》に迷惑《めいわく》はかけたくないからな……。

外《そと》に出《で》て少《すこ》し落《お》ち着《つ》いた時《とき》、店内《てんない》を見《み》ると、空《そら》が店員《てんいん》に声《こえ》をかけられていた。

男《おとこ》の店員《てんいん》で、少《すこ》し困《こま》っている空《そら》に対《たい》して、何《なに》やらしつこく話《はな》しているように見《み》えた。

……ひとりにするんじゃなかったな。

いてもたってもいられなくて、再《ふたた》び店内《てんない》に入《はい》った。

「入荷《にゅうか》したら連絡《れんらく》させてもらうので、よかったら連絡先《れんらくさき》を交換《こうかん》しませんか？」

「え……あ、あの、そこまで探《さが》してるわけじゃないので、お気《き》づかいなく……」

会話《かいわ》が聞《き》こえて、黒《くろ》い感情《かんじょう》が込《こ》み上《あ》げる。

こんなの、ただのナンパと変《か》わらない。

「やめろ」

俺《おれ》はすぐに、ふたりの間《あいだ》に入《はい》った。

「空《そら》、行《い》こう」

「あ……う、うんっ……」

戸惑《とまど》っている空《そら》の手《て》をつかんで、外《そと》に出《で》る。

路地裏《ろじうら》に入《はい》って、足《あし》を止《と》めた。

「ごめん……」

「えっ……？　ど、どうして雲《くも》くんが謝《あやま》るの？」

理由《りゆう》は……たくさんある。

「俺《おれ》が外《そと》に出《で》て空《そら》をひとりにしたことへの謝罪《しゃざい》と、そのせいで空《そら》が知《し》らない男《おとこ》に声《こえ》をかけられて怖《こわ》い目《め》に遭《あ》わせたことと……嫉妬《しっと》して、強引《ごういん》に連《つ》れ出《だ》したこと」

さっき連絡先《れんらくさき》を聞《き》かれているのを見《み》て……体《からだ》が勝手《かって》に動《うご》いてた。

メガネをつけなくなって、最近特《さいきんとく》にモテている空《そら》。

正直《しょうじき》、気《き》が気《き》じゃなかった。

空《そら》のこと……誰《だれ》にもとられたくない……。

「え、っと……」

俺《おれ》の言葉《ことば》に、どう反応《はんのう》していいかわからず戸惑《とまど》っている空《そら》の手《て》を、もう一度《いちど》そっと握《にぎ》る。

「許《ゆる》してくれるか……？」

「ゆ、許《ゆる》すもなにも、謝《あやま》る必要《ひつよう》はないよっ……た、助《たす》けてくれて、ありがとう」

空《そら》の顔《かお》は、少《すこ》しだけ赤《あか》くなっている。

「空《そら》は本当《ほんとう》に……優《やさ》しくて、かわいいな」

思《おも》ったことを口《くち》にすると、その顔《かお》がさらに赤《あか》くなった。

またかわいくなった……空《そら》のかわいさには、上限《じょうげん》がないんだろうか。

りんごのように赤《あか》い顔《かお》を見《み》て、愛《いと》おしさと笑《え》みがあふれた。

二度目《にどめ》のデート

生徒会《せいとかい》の仕事《しごと》がひと段落《だんらく》して、休憩《きゅうけい》にお茶《ちゃ》を飲《の》む。

あと一時間《いちじかん》あれば、今溜《いまた》まってる仕事《しごと》は全部終《ぜんぶお》わりそう……よし、がんばるぞ……！

気合《きあ》いを入《い》れ直《なお》した時《とき》、活動《かつどう》の作業《さぎょう》をしていた雷《らい》くんが顔《かお》をあげた。

「そういえば、全員《ぜんいん》の克服《こくふく》デート終《お》わったけどさ……誰《だれ》とのデートが一番楽《いちばんたの》しかった？」

えっ……きゅ、急《きゅう》にどうしたんだろう？

それぞれ作業《さぎょう》していたほかのみんなも手《て》を止《と》めて、いっせいに私《わたし》のほうを見《み》た。

「それは……気《き》になるかも……」

「僕《ぼく》はデートってよりも、お宅訪問《たくほうもん》って感《かん》じだったし……空《そら》ちゃんのこと楽《たの》しませられてないよ」

雨《あめ》くんの言葉《ことば》に、ぶんぶんと首《くび》を横《よこ》に振《ふ》った。

「そんなことない……！　雨《あめ》くんのおうちで過《す》ごした時間《じかん》、すっごく楽《たの》しかった……！」

「空《そら》ちゃん……」

「で、誰《だれ》が一番楽《いちばんたの》しかったんだ？」

じいっと、食《く》い入《い》るように見《み》つめてくる雷《らい》くん。

どうしよう……答《こた》えるまで、許《ゆる》してもらえない気《き》がする……。

でも、誰《だれ》かひとりなんて選《えら》べないよ……。

「み、みんな楽《たの》しかったの……それじゃ、ダメかな……？」

「うっ……」と、苦《くる》しそうに胸《むね》を押《お》さえた雷《らい》くん。

「ダメだけど……そんな顔《かお》されたら、これ以上強《いじょうつよ》く出《で》れねーだろっ……！」

ど、どうしてそんなに苦《くる》しんでるんだろうっ……？

ひとまず、許《ゆる》してもらえたみたいでよかったっ……。

本当《ほんとう》にみんな楽《たの》しかったから、一番《いちばん》なんて選《えら》べないよ……。

「……」

「雪《ゆき》、浮《う》かない顔《かお》してどうしたんだ？」

「い、いや、何《なに》もないよっ……」

雪《ゆき》くんと雲《くも》くんの会話《かいわ》は、私《わたし》の耳《みみ》には届《とど》いていなかった。

その日《ひ》の夜《よる》。

私《わたし》は寝《ね》る前《まえ》はスマホを見《み》ないようにしているから、そろそろ電源《でんげん》を切《き》ろうとした時《とき》、雪《ゆき》くんから電話《でんわ》がかかってきた。

どうしたんだろう……？　緊急《きんきゅう》の用事《ようじ》かな……？

「はい、もしもし」

『そ、空《そら》ちゃん、急《きゅう》にごめんね。実《じつ》は……お願《ねが》いがあって……』

お願《ねが》い……？

『僕《ぼく》と……デート、やり直《なお》してほしいんだ』

「やり直《なお》し？」

『克服《こくふく》デートの時《とき》……空《そら》ちゃんが息抜《いきぬ》きに、僕《ぼく》を連《つ》れ出《だ》してくれたでしょう？　だから今《こん》度《ど》はお礼《れい》として、僕《ぼく》がエスコートしたくて……もう一度《いちど》、デートしてほしい』

雪《ゆき》くん、そんなふうに思《おも》ってたんだっ……。

「そんな……お礼《れい》なんて大丈夫《だいじょうぶ》だよ……！　雪《ゆき》くんにはいつも、いろんなところに連《つ》れて行《い》ってもらってるから……！　むしろ、お礼《れい》をしなきゃいけないのは私《わたし》のほうなのに……！」

『いや……僕《ぼく》の気《き》がすまないんだっ……それに、もう一度《いちど》空《そら》ちゃんと、デートがしたい』

えっと……ど、どうしよう……。

遊《あそ》びたいと言《い》ってもらえるのは嬉《うれ》しいけど、本当《ほんとう》にいつもしてもらいっぱなしだから、これ以上何《いじょうなに》かしてもらうなんて申《もう》し訳《わけ》ない。

『お願《ねが》い……チャンスをくれないかな……？』

断《ことわ》ろうと思《おも》ったけど、切実《せつじつ》そうな雪《ゆき》くんの声《こえ》に、ダメとは言《い》えなかった。

「う、うん、わかった」

『ほ、ほんとに？　ありがとうっ……！』

電話越《でんわご》しに、雪《ゆき》くんのうれしそうな声《こえ》が聞《き》こえた。

君《きみ》に夢中《むちゅう》【side《サイド》雪《ゆき》】

空《そら》ちゃんとのデートの日《ひ》。

僕《ぼく》は朝《あさ》から、鏡《かがみ》の前《まえ》にいた。

「ど、どこかおかしいところはないかな？」

「いえ、雪様《ゆきさま》におかしなところなどひとつもございません」

「本日《ほんじつ》の雪様《ゆきさま》は、いつにも増《ま》して素敵《すてき》でございます」

執事《しつじ》たちがそう言《い》ってくれて、今日《きょう》のコーディネートが確定《かくてい》した。


車《くるま》を出《だ》してもらって、空《そら》ちゃんを迎《むか》えに行《い》く。

これは……空《そら》ちゃんがくれたチャンスのデートだ。

僕《ぼく》は克服《こくふく》デートの時《とき》に、みんなみたいにエスコートすることはおろか、空《そら》ちゃんがデートコースを組《く》んでくれて、完全《かんぜん》にエスコートしてもらっていた。

もちろん、僕《ぼく》にとっては忘《わす》れられない最高《さいこう》のデートになったけど……空《そら》ちゃんを楽《たの》しませられなかったことだけが心残《こころのこ》りだった。

今日《きょう》は……絶対《ぜったい》に空《そら》ちゃんを楽《たの》しませてみせる。

そして……僕《ぼく》とのデートが一番楽《いちばんたの》しかったって、思《おも》ってもらいたい……。

みんなに対《たい》して対抗心《たいこうしん》メラメラで、恥《は》ずかしいけど……。

やっぱり……好《す》きな子《こ》の、一番《いちばん》になりたい……。

——ピンポーン。

空《そら》ちゃんの家《いえ》について、インターホンを押《お》す。

すぐに足音《あしおと》が聞《き》こえて、扉《とびら》が開《あ》いた。

「雪《ゆき》くん……！　迎《むか》えにきてくれて、ありがとうっ……！」

……っ。

私服《しふく》の空《そら》ちゃんが出《で》てきて、思《おも》わず固《かた》まってしまった。

か……かわいいっ……。

「あ……雪《ゆき》くんの服装《ふくそう》、かっこいいねっ……」

空《そら》ちゃんにほめられて嬉《うれ》しかったけど、それどころじゃなかった。

「あ、あり、がとうっ……」

コースを考《かんが》えるのに必死《ひっし》で忘《わす》れていたけど……こんなにかわいい空《そら》ちゃんと一日一緒《いちにちいっしょ》で、大丈夫《だいじょうぶ》かなっ……。

空《そら》ちゃんに好《す》きになってもらえるように、最高《さいこう》のデートプランを考《かんが》えたけど……僕《ぼく》のほうが、もっともっと好《す》きになる未来《みらい》しか見《み》えないっ……。


車《くるま》に乗《の》って、まずはランチにやってきた。

氷花《ひょうか》グループの経営《けいえい》するホテルの中《なか》にある、最上階《さいじょうかい》レストランでのランチ。

ピアノの演奏《えんそう》を聴《き》きながら、美味《おい》しいコース料理《りょうり》をいただく。

国内《こくない》のレストランを知《し》り尽《つ》くしている父方《ちちかた》の祖父《そふ》に相談《そうだん》して予約《よやく》してもらったから、間《ま》違《ちが》いないはずだ。

……でも、空《そら》ちゃんが萎縮《いしゅく》しているような気《き》がして、心配《しんぱい》になった。

「美味《おい》しい？」

「う、うん、すごく美味《おい》しいっ……で、でも、ここすごく高《たか》いよね……？」

「気《き》にしないで。氷花《ひょうか》グループのホテルだから」

安心《あんしん》してもらおうと思《おも》ってそう言《い》ったけど、空《そら》ちゃんの表情《ひょうじょう》は変《か》わらない。

「あ、あの、雪《ゆき》くん……この後《あと》の予定《よてい》って聞《き》いてもいいかな……？」

「この後《あと》は、ふたつプランを考《かんが》えているんだ。映画館《えいがかん》を貸《か》し切《き》って映画《えいが》を見《み》るか、プラネタリウムを貸《か》し切《き》るか……」

「す、ストップ……！　そ、それって、まだキャンセル料《りょう》がかかったりしないよね？」

「まだだけど……」

「だ、だったら、行《い》きたいところがあるから、そこに一緒《いっしょ》に行《い》かない？」

え……？

楽《たの》しんでもらいたいから、デートコースを遂行《すいこう》したい気持《きも》ちもあるけど……空《そら》ちゃんが行《い》きたいところが気《き》になった。

「もちろん！」


ランチの後《あと》、空《そら》ちゃんに案内《あんない》されてやってきたのは、近《ちか》くの大《おお》きな公園《こうえん》だった。

ローズガーデンの中《なか》に噴水《ふんすい》があって、その近《ちか》くにあるベンチにふたりで座《すわ》る。

「空《そら》ちゃんが来《き》たかったのって……ここ？」

「うん！　ここは入園料《にゅうえんりょう》も無料《むりょう》で、素敵《すてき》な景色《けしき》がいっぱい見《み》れるんだよ……！」

無料《むりょう》……たしかに、この景色《けしき》が無料《むりょう》で見《み》れるなんてびっくりだ。

でも……無料《むりょう》で見《み》れるなら、いつでも来《こ》れるってことだし……今日《きょう》は空《そら》ちゃんにとって特別《とくべつ》な一日《いちにち》にしたいんだけど……。

「夜《よる》はヘリで、夜景《やけい》を楽《たの》しもうと思《おも》ってるんだ」

「へ、ヘリっ……」

僕《ぼく》の言葉《ことば》に、青《あお》ざめた空《そら》ちゃん。

「もしかして、高《たか》いところは苦手《にがて》……？」

「う、ううん、そうじゃないよっ……！　あ、あのね、雪《ゆき》くん、お金《かね》をたくさん使《つか》ったり、特別《とくべつ》なことはしなくていいんだよ」

え……？　でも、デートってそういうものじゃないのかな……。

きっとほとんどの人《ひと》は、豪華《ごうか》なサプライズや体験《たいけん》が好《す》きだと思《おも》うし……。

「雪《ゆき》くんと一緒《いっしょ》にいられたら、それだけで楽《たの》しいから！」

あ……。

そうだ……空《そら》ちゃんは、ほとんどの人《ひと》とはちがう。

そういうところを好《す》きになったのに、僕《ぼく》は最高《さいこう》のデートプランを考《かんが》えるあまりに、忘《わす》れていた。

「でも……楽《たの》しませようと思《おも》って、たくさん考《かんが》えてくれたんだよね。雪《ゆき》くんの気持《きも》ちはとっても嬉《うれ》しい……！　本当《ほんとう》にありがとうっ……」

空《そら》ちゃん……。

そう言《い》ってもらえるだけで、デートのプランを立《た》てていた僕《ぼく》の時間《じかん》が報《むく》われた気《き》がした。

「今日《きょう》は公園《こうえん》で散歩《さんぽ》して、あとでソフトクリームを食《た》べに行《い》こうよっ」

空《そら》ちゃんのプランは、とても魅力的《みりょくてき》だった。

でも……それだけでいいのかな……？

「僕《ぼく》の気《き》がすまないから……もっとわがままを言《い》ってほしい……」

今日《きょう》は空《そら》ちゃんのお願《ねが》いをなんでも叶《かな》える日《ひ》にしたい……。

「……わかった」

空《そら》ちゃんは僕《ぼく》を見《み》て、にこっと微笑《ほほえ》んだ。

「じゃあ……雪《ゆき》くんの歌《うた》が一曲《いっきょく》聴《き》きたい」

「え？」

僕《ぼく》の歌《うた》……？

「スカイライトの〝ユキ〟くんの歌《うた》を生《なま》で聴《き》けるなんて……これ以上《いじょう》ない贅沢《ぜいたく》だと思《おも》うからっ……」

「……っ」

自分《じぶん》の歌《うた》にそこまでの価値《かち》があると言《い》ってもらえているみたいで、うれしくて目頭《めがしら》が熱《あつ》くなった。

空《そら》ちゃんはいつだって、僕《ぼく》に自信《じしん》をくれる。

「うん、仰《おお》せのままに」

結局《けっきょく》、予想《よそう》していたとおりになってしまった。

空《そら》ちゃんを楽《たの》しませるより……僕《ぼく》がますます、空《そら》ちゃんに夢中《むちゅう》になっただけだ。

今日《きょう》はまた、僕《ぼく》にとって忘《わす》れられない日《ひ》になった。

晴《はれ》くんの右腕《みぎうで》

「空《そら》、家庭科室行《かていかしつい》こ！」

「うん！」

次《つぎ》の授業《じゅぎょう》は家庭科《かていか》。海《うみ》ちゃんが来《き》てくれて、必要《ひつよう》なものを持《も》って立《た》ち上《あ》がった。

「俺《おれ》も一緒《いっしょ》に行《い》っていい？」

「……俺《おれ》も行《い》く」

晴《はれ》くんと炎《えん》くんも来《き》てくれて、笑顔《えがお》でうなずく。

「うん！　みんなで一緒《いっしょ》に行《い》こう！」

「あたしと空《そら》の時間《じかん》を邪魔《じゃま》しないで」

海《うみ》ちゃんとバチバチにらみ合《あ》っていたけど、四人《よにん》で家庭科室《かていかしつ》に向《む》かう。

階段《かいだん》を降《お》りている時《とき》、事件《じけん》は起《お》こった。

「あっ……」

私《わたし》が足《あし》をすべらせて、そのまま階段《かいだん》から落《お》ちてしまう。

「空《そら》……！」

晴《はれ》くんの声《こえ》と、地面《じめん》にぶつかる音《おと》が響《ひび》いた。

「ご……ごめんなさい……！」

病《びょう》院《いん》から帰《かえ》ってきた晴《はれ》くんに、頭《あたま》を下《さ》げて謝《あやま》る。

「ううん、俺《おれ》のほうこそ、かっこよく助《たす》けてあげられなくてごめんね」

私《わたし》が階段《かいだん》から落《お》ちた時《とき》、晴《はれ》くんが私《わたし》をかばって下敷《したじ》きになった。

そのせいで、利《き》き手《て》を怪我《けが》してしまった晴《はれ》くん。

「空《そら》が無事《ぶじ》でよかった」

晴《はれ》くん……。

「骨折《こっせつ》じゃないし、ただの捻挫《ねんざ》だからほんとに平気《へいき》だよ。一週間安静《いっしゅうかんあんせい》にしたら治《なお》るって」

私《わたし》に気《き》をつかわせないように、手《て》を振《ふ》りながら大丈夫《だいじょうぶ》というジェスチャーをしてくれた。

晴《はれ》くんはただでさえ学校《がっこう》とスカイライトの活動《かつどう》の両立《りょうりつ》で忙《いそが》しいのに……利《き》き手《て》が使《つか》えないなんて大変《たいへん》だ……。私《わたし》のせいで……。

……ううん、きっとここで謝《あやま》っても、晴《はれ》くんに気《き》をつかわせてしまうだけだ。

「晴《はれ》くん……私《わたし》今日《きょう》から一週間《いっしゅうかん》、晴《はれ》くんの右腕《みぎうで》になるよ……！」

「……っ、え？」

私《わたし》のせいなんだから……私《わたし》が責任《せきにん》をとるっ……！


次《つぎ》の日《ひ》。移動教室《いどうきょうしつ》の時間《じかん》になって、晴《はれ》くんの席《せき》に行《い》く。

「晴《はれ》くん、荷物《にもつ》持つよ！」

「え……だ、大丈夫《だいじょうぶ》だよ。片手《かたて》で持《も》てるから」

「ううん、私《わたし》に持《も》たせて……！」


放課後《ほうかご》。

「晴《はれ》くん、掃除《そうじ》は私《わたし》がするから！」

「ほ、ほんとに片手《かたて》使《つか》えるから、平気《へいき》だよ」

「ううん、私《わたし》に任《まか》せて……！」

晴《はれ》くんよりも先《さき》に先《さき》に行動《こうどう》して、晴《はれ》くんが少《すこ》しでも快適《かいてき》に過《す》ごせるように努《つと》めた。

お昼《ひる》ご飯《はん》の時間《じかん》になり、ふたりで中庭《なかにわ》に移動《いどう》する。

海《うみ》ちゃんと炎《えん》くんは委員会《いいんかい》があって後《あと》から来《く》るから、今《いま》は晴《はれ》くんとふたりだった。

買《か》ってきたパンを開《あ》けようとしている晴《はれ》くんを見《み》て、そっとパンの袋《ふくろ》を取《と》る。

「あ……ごめん、ありがとう空《そら》」

「ううん、私《わたし》のせいだから、私《わたし》に任《まか》せてほしい……！」

パンの袋《ふくろ》を開《あ》けて、食《た》べやすいように袋《ふくろ》をめくる。

捻挫《ねんざ》してたら、食《た》べるのも大変《たいへん》だよね……。

「はい、どうぞ」

「……え？」

「あーん……」

食《た》べるお手伝《てつだ》いをしようと思《おも》ったけど、晴《はれ》くんは焦《あせ》った表情《ひょうじょう》で私《わたし》を見《み》た。

「そ、空《そら》、パンだから、利《き》き手《て》じゃなくても持《も》って食《た》べられるよ……！」

たしかに……言《い》われてみればそうだ。

自分《じぶん》がやりすぎてしまっていたことに気《き》づいて、かあああっと顔《かお》が熱《あつ》くなった。

俺《おれ》以外禁止《いがいきんし》。【side《サイド》 晴《はれ》】

「あっ……」

足《あし》をすべらせて倒《たお》れていく空《そら》を見《み》て、とっさに体《からだ》が動《うご》いていた。

「空《そら》……！」

きっともっと運動神経《うんどうしんけい》がいいやつなら、怪我《けが》なんてせずに助《たす》けられたと思《おも》う。

包帯《ほうたい》が巻《ま》かれた腕《うで》を見《み》て、かっこつかないなと恥《は》ずかしくなった。

空《そら》に気《き》をつかわせる結果《けっか》になったし……情《なさ》けない。

でも、空《そら》が無事《ぶじ》でよかった……。

それに、もし空《そら》が腕《うで》を怪我《けが》していたら、漫画《まんが》の仕事《しごと》もできなくなって大変《たいへん》なことになってた。

俺《おれ》は一週間《いっしゅうかん》くらいなら平気《へいき》だし、腕《うで》が使《つか》えなくても、収録《しゅうろく》とか別《べつ》の仕事《しごと》をすればいい。

怪我《けが》をしたのが俺《おれ》でよかったと、心底思《しんそこおも》った。

それに……。

「晴《はれ》くん……私今日《わたしきょう》から一週間《いっしゅうかん》、晴《はれ》くんの右腕《みぎうで》になるよ……！」

怪我《けが》をしてから、学校《がっこう》にいる時《とき》は空《そら》がずっと一緒《いっしょ》に行動《こうどう》してくれるようになった。

一週間空《いっしゅうかんそら》を独《ひと》り占《じ》めできるなんて……不謹慎《ふきんしん》だけど、怪我《けが》に感謝《かんしゃ》だな……。

買《か》ってきたパンの袋《ふくろ》に苦戦《くせん》していると、空《そら》が代《か》わりに開《あ》けてくれた。

「あ……ごめん、ありがとう空《そら》」

「ううん、私《わたし》のせいだから、私《わたし》に任《まか》せてほしい……！　はい、どうぞ」

俺《おれ》の前《まえ》に、パンを差《さ》し出《だ》した空《そら》。

袋《ふくろ》ごと渡《わた》すんじゃなくて、なぜか食《た》べやすいように袋《ふくろ》をめくって、俺《おれ》の口元《くちもと》に近《ちか》づけてくれた。

「……え？」

「あーん……」

ま、待《ま》って……もしかして、食《た》べさせようとしてくれてる……？

「そ、空《そら》、パンだから、利《き》き手《て》じゃなくても持《も》って食《た》べられるよ……！」

そう言《い》ってから、自分《じぶん》の失言《しつげん》に気《き》づいた。

こんな機会《きかい》ないだろうし、してもらえばよかったっ……。

空《そら》は自分《じぶん》の行動《こうどう》に気《き》づいたのか、かああっと顔《かお》を真《ま》っ赤《か》にした。

「ご、ごめんなさいっ……」

「う、ううん、気《き》づかってくれてありがとう……！　あっ……！」

パンを受《う》け取《と》ろうとした時《とき》、バランスを崩《くず》してしまった。

空《そら》のほうに倒《たお》れてしまって、ベンチの上《うえ》で、空《そら》を下敷《したじ》きにするような体勢《たいせい》になった。

まずい……っ。

「ご、ごめん、すぐにどくか……」

「あ、危《あぶ》ないから、ダメ……！」

えっ……。

俺《おれ》が地面《じめん》に手《て》をつかないように、ぎゅっと抱《だ》きしめてきた空《そら》。

身動《みうご》きが取《と》れなくなって、されるがままになる。

ま、待《ま》って……これ、近《ちか》すぎ……。

ていうか、こんなのもう、ハグだし……っ。

空《そら》に抱《だ》きしめられているという事実《じじつ》に、心臓《しんぞう》がバクバクと騒《さわ》いでいる。

「そ、空《そら》……」

「私《わたし》が起《お》き上《あ》がるから、晴《はれ》くんはじっとしてて……！」

む、無理《むり》……。

好《す》きな子《こ》に抱《だ》きしめられて、頭《あたま》の中《なか》はパニック状態《じょうたい》だった。

空《そら》は俺《おれ》の体重《たいじゅう》を受《う》け止《と》めたまま、ゆっくりと体《からだ》を起《お》こした。

「大丈夫《だいじょうぶ》？　手《て》、痛《いた》んでない？」

心配《しんぱい》してくれる空《そら》に何度《なんど》もうなずいて、あわてて距離《きょり》を取《と》る。

手《て》は痛《いた》くないけど、大丈夫《だいじょうぶ》じゃない……。

心臓《しんぞう》が、うるさい……。

「お待《ま》たせ～！　って、天陽《てんよう》、なんであんたそんな顔《かお》になってんのよ」

「……空《そら》に何《なに》しやがった……」

委員会《いいんかい》が終《お》わったのか、現《あらわ》れた波間《なみま》と怒谷《いたに》に詰《つ》め寄《よ》られたけど、俺《おれ》は黙秘《もくひ》をつらぬいた。

「空《そら》、見《み》て」

一週間後《いっしゅうかんご》。

無事《ぶじ》に腕《うで》が完治《かんち》して、ギプスが取《と》れた。

俺《おれ》の腕《うで》を見《み》て、ぱあぁっと顔《かお》を明《あか》るくした空《そら》。

「よかったっ……」

きっと責任《せきにん》を感《かん》じていただろうから、空《そら》が安心《あんしん》してくれてよかった……。

腕《うで》が自由《じゆう》になってよかったけど、空《そら》を独《ひと》り占《じ》めできないと思《おも》うと残念《ざんねん》な気持《きも》ちのほうが上回《うわまわ》った。

空《そら》がつきっきりで一緒《いっしょ》にいてくれて、夢《ゆめ》みたいな期間《きかん》だったな……。

でも……ひとつだけ、空《そら》に言《い》っておかなきゃ。

「あのさ、空《そら》」

「どうしたの？」

「もしこれからこういうことがあっても……き、気軽《きがる》に、その……右腕《みぎうで》になるとかは、危《あぶ》ないと思《おも》うから……」

俺《おれ》の言葉《ことば》に、空《そら》が首《くび》をかしげた。

意味《いみ》、わかってなさそうだな……。

俺《おれ》の言《い》い方《かた》も遠回《とおまわ》しすぎてわかりにくいだろうし……はっきり言《い》ったほうがいい。

「気軽《きがる》に右腕《みぎうで》になるとか、お世話《せわ》したりとかは、しないほうがいいと思《おも》う」

なんて、心配《しんぱい》だから忠告《ちゅうこく》するみたいな顔《かお》してるけど、内心《ないしん》はただの嫉妬《しっと》。

……俺以外《おれいがい》に、してほしくないだけ。

ストレートに言《い》ったつもりだったけど、空《そら》はまだ不思議《ふしぎ》そうにしてる。

「晴《はれ》くんじゃなかったら、こんなことしないよ？」

「……っ」

これって……意味《いみ》わかって言《い》ってるのかな……？

いや……空《そら》のことだから、無意識《むいしき》だろうな……。

「そ、そっか……」

それ以上言《いじょうい》えなくなって、苦笑《にがわら》いでごまかした。

もう一生《いっしょう》かかっても、空《そら》には勝《か》てる気《き》がしない……。

でも、空《そら》にならいくらでも振《ふ》り回《まわ》されてもいいと思《おも》っている自分《じぶん》に気《き》づいて、ふっと笑《わら》ってしまった。

End

総長さま、溺愛中《できあいちゅう》につき。
×
Utaite!
ウタイテ!
~ヒロイン入《い》れ替《か》わり編《へん》~

パニック⁉【side《サイド》由姫《ゆき》】

今日《きょう》は、短縮授業《たんしゅくじゅぎょう》で学校《がっこう》が午前《ごぜん》で終《お》わったから、午後《ごご》は蓮《れん》さんと街《まち》に来《き》ていた。

ご飯《はん》を食《た》べたりいろんなお店《みせ》を見《み》たり、街《まち》を満喫《まんきつ》していた時《とき》、目《め》の前《まえ》から歩《ある》いてくる女《おんな》の子《こ》に視線《しせん》を奪《うば》われる。

わっ……！　す、すごくかわいい子《こ》っ……。

顔《かお》がちっさくて、目《め》はおっきくて、通《とお》りすぎる人《ひと》みんなが彼女《かのじょ》をちらちら見《み》ていた。

本人《ほんにん》は気《き》にしていないのか、ぼうっと周《まわ》りの景色《けしき》を見《み》ている。

紫《むらさき》がかったきれいな髪《かみ》はさらさらで、天使《てんし》の輪《わ》っかができていた。

芸能人《げいのうじん》かな……？

あんな透明感《とうめいかん》があってきらきらした子《こ》がいるなんて……。

すぐに見《み》えなくなったけど、あまりのインパクトに彼女《かのじょ》の容姿《ようし》が頭《あたま》から離《はな》れなかった。

「ほかに見《み》たい店《みせ》はあるか？」

蓮《れん》さんが、優《やさ》しくそう聞《き》いてくれる。

もう十分《じゅうぶん》見尽《みつ》くしたから、そろそろ帰《かえ》……あっ。

一軒《いっけん》のお店《みせ》を見《み》つけて足《あし》を止《と》めた。

南欧風《なんおうふう》の、すごくかわいいお店《みせ》。雑貨屋《ざっかや》さんかな……？

窓《まど》から見《み》える店内《てんない》を見《み》ると、かわいいインテリアがたくさん飾《かざ》ってあった。

ちょっと見《み》てみたいな……でも、蓮《れん》さんこういうお店苦手《みせにがて》だろうし……。

「蓮《れん》さん、少《すこ》し待《ま》っててもらえませんか……？　少《すこ》しだけあのお店《みせ》を見《み》たくて……」

蓮《れん》さんはお店《みせ》を見《み》て一瞬顔《いっしゅんかお》をしかめたあと、すぐにいつもの笑顔《えがお》を浮《う》かべてくれた。

「俺《おれ》も入《はい》る」

「店内《てんない》も混《こ》んでますし、蓮《れん》さんは座《すわ》っててください……！　すぐに見《み》てきます！」

「……わかった」

蓮《れん》さんにベンチに座《すわ》ってもらって、私《わたし》はひとりでお店《みせ》に入《はい》った。


わっ……どのインテリアもかわいいっ……。

棚《たな》にびっしりと並《なら》べられている、おしゃれなインテリアや家具《かぐ》、雑貨《ざっか》やアクセサリー。

どれも素敵《すてき》……。

心《こころ》を躍《おど》らせながら店内《てんない》を見《み》ていると、ひとつのインテリアに目《め》がとまった。

手鏡《てかがみ》……?

淡《あわ》いピンク色《いろ》で、アンティーク調《ちょう》のデザインがとってもかわいい。

鏡《かがみ》には『なりたいあなたになれる』と書《か》かれていた。

欲《ほ》しいけど……け、結構《けっこう》なお値段《ねだん》だっ……。

じっと鏡《かがみ》を見《み》ている時《とき》、鏡《かがみ》の端《はし》に、見覚《みおぼ》えのある人《ひと》が鏡《かがみ》に映《うつ》った。

あ……さっきのかわいい女《おんな》の子《こ》……!　また見《み》かけるなんてっ……!

彼女《かのじょ》も同《おな》じお店《みせ》に入《はい》っていたのか、後《うし》ろで熱心《ねっしん》に何《なに》かを見《み》ていた。

見《み》れば見《み》るほどかわいくて、見入《みい》ってしまうほどの美少女《びしょうじょ》。

蓮《れん》さんも、あんな美少女《びしょうじょ》を見《み》たら、やっぱりかわいいって思《おも》うだろうな……。

そう思《おも》うと、少《すこ》しちくっとしてしまった。

じ、自分《じぶん》で勝手《かって》に考《かんが》えて想像《そうぞう》して、勝手《かって》にヤキモチを妬《や》くなんて……わ、私《わたし》、めんどくさい恋人《こいびと》だなっ……。

でも……私《わたし》もあんな、かわいい子《こ》になれたら……。

なんて、願《ねが》ってもしかたないことを思《おも》った自分《じぶん》に苦笑《にがわら》いした。
あんまりじっと見《み》るのも失礼《しつれい》だから、やめておこうっ……。
その後《あと》も店内《てんない》をじっくりと見《み》て、一周《いっしゅう》見終《みお》わった時《とき》にハッと我《われ》に返《かえ》った。
蓮《れん》さんを待《ま》たせてるのに、じっくり見《み》すぎてた……！
早《はや》くお店《みせ》を出《で》なきゃ……！
あ……でも、あの手鏡《てかがみ》、ほんとにかわいかったな……。
最後《さいご》にもう一度《いちど》だけ見《み》たくて、手鏡《てかがみ》を置《お》いている場所《ばしょ》に戻《もど》る。
うん……形《かたち》もデザインもすごく好《この》み……高《たか》いけど、思《おも》い切《き》って買《か》ってみ……え？
鏡越《かがみご》しに見《み》える自分《じぶん》の姿《すがた》に、私《わたし》は目《め》を疑《うたが》った。
ま……待《ま》って……。
どうして私《わたし》……さっきの女《おんな》の子《こ》の顔《かお》になってるのっ……!?

パニック!?【side《サイド》 空《そら》】

スカイライトの新《あたら》しいM《ミュージックビデオ》Vのイラストを書《か》き下《お》ろすことになって、私《わたし》は街《まち》に来《き》ていた。

最近《さいきん》の流行《りゅうこう》やアイデアを探《さが》すために、いろんなお店《みせ》に入《はい》って観察《かんさつ》する。

近頃《ちかごろ》はパステルカラーよりも、くすみ色《いろ》のほうが人気《にんき》なのかな……？　うんうん……。

気《き》づいたことをメモしてショップ街《がい》を歩《ある》いている時《とき》、ふと目《め》に留《と》まった一軒《いっけん》の雑貨屋《ざっかや》さん。

すごくかわいいっ……入《はい》ってみよう！

内装《ないそう》もかわいいお店《みせ》で、店内《てんない》に並《なら》んでいる商品《しょうひん》はどれも素敵《すてき》だった。

一点《いってん》もののなのかな……？

流行《りゅうこう》のものというよりは、はやりすたりがない伝統品《でんとうひん》が多《おお》く置《お》かれていた。

アクセサリーも素敵《すてき》……。ね、値段《ねだん》はお高《たか》いけど、高級感《こうきゅうかん》があって……次《つぎ》のM《ミュージックビデオ》Vの曲《きょく》は大人《おとな》っぽいって言《い》っていたから、イメージに合《あ》うかもしれない……。

こういうアンティークなアクセサリーもいいなっ……。
アイデアが湧《わ》いて、メモにたくさん書《か》いていく。
たくさん見《み》させてもらったし、参考《さんこう》にどれか購入《こうにゅう》しようかな……うん、これにしよう！
私《わたし》はレジを済《す》ませて、購入品《こうにゅうひん》を持《も》ってお店《みせ》を出《で》た。
収穫《しゅうかく》がたくさんあった……一度《いちど》家《いえ》に帰《かえ》って、案《あん》を考《かんが》えてみよう……！
そう思《おも》って、歩《ある》き出《だ》そうとした時《とき》だった。
「……由姫《ゆき》！」
えっ……!?
急《きゅう》に腕《うで》をつかまれて、反射的《はんしゃてき》に振《ふ》り返《かえ》る。
そこには、びっくりするほどきれいな顔《かお》をした男《おとこ》の人《ひと》がいた。
だ、誰《だれ》っ……!?
「遅《おそ》かったから、心配《しんぱい》した」
ふっとほほえんだ彼《かれ》の笑顔《えがお》は、目《め》を細《ほそ》めたくなるほどまぶしい。
スカイライトのみんなも相当《そうとう》お顔《かお》が整《ととの》っているけど、この人《ひと》も負《ま》けていない。

でも、だからって男《おとこ》の人《ひと》は男《おとこ》の人《ひと》で……男《おとこ》の子《こ》恐怖症《きょうふしょう》は克服《こくふく》したけど、さすがに腕《うで》をつかまれて怖《こわ》かった。

「な、なんで、しょうか」

「……」

彼《かれ》は私《わたし》を見《み》て、さっきまでの笑顔《えがお》を一瞬《いっしゅん》にして消《け》した。

まるで仇《かたき》を見《み》るような顔《かお》に変《か》わって、にらみつけてきた目《め》の前《まえ》の男《おとこ》の人《ひと》。

「……お前《まえ》、誰《だれ》だ？」

「……え？」

「由姫《ゆき》じゃないだろ」

こ、この人《ひと》……さっきから、何《なに》を言《い》ってるの……？

「あ、あの……」

だ、誰《だれ》か、助《たす》けてっ……。

そう思《おも》って周《まわ》りを見《み》た時《とき》、お店《みせ》のガラスに反射《はんしゃ》した自分《じぶん》の姿《すがた》と、彼《かれ》の姿《すがた》が映《うつ》っているのが見《み》えた。

え……？　私《わたし》……誰《だれ》……？

鏡《かがみ》に映《うつ》っている彼《かれ》は、目《め》の前《まえ》にいる彼《かれ》と一緒《いっしょ》。でも……私《わたし》の姿《すがた》は、私《わたし》ではなかった。

ど、どうして私《わたし》……こんなきらきらの美少女《びしょうじょ》になってるのっ……!?

パニックになって、目《め》の前《まえ》の彼《かれ》を見《み》る。

もしかして彼《かれ》は……この美少女《びしょうじょ》の、知《し》り合《あ》い……?

「由姫《ゆき》に何《なに》した。おい、答《こた》えろ」

完全《かんぜん》に怒《おこ》っているのか、地《ち》を這《は》うような低《ひく》い声《こえ》に、体《からだ》がぶるっと震《ふる》える。

「あ、あの、わからなくて……」

どうして、こんな状況《じょうきょう》になってるのかっ……。

夢《ゆめ》だって言《い》われた方《ほう》が、納得《なっとく》できる。

それに……どうして彼《かれ》は、中身《なかみ》が違《ちが》うって、わかってるんだろう……?

というか……わ、私《わたし》の体《からだ》は、どこっ……?

きょろきょろと周《まわ》りを見渡《みわた》した時《とき》、人《ひと》の波《なみ》の中《なか》に、見知《みし》った人《ひと》の姿《すがた》を見《み》つけた。

あれは……晴《はれ》くん……。

「は、晴《はれ》くんっ……」

どうすればいいかわからなくて、助《たす》けを求《もと》めるように晴《はれ》くんの名前《なまえ》を呼《よ》んだ。

ぴたりと足《あし》を止《と》めて、こっちを見《み》た晴《はれ》くん。

「……え？」

困惑《こんわく》した様子《ようす》で、私《わたし》のほうにゆっくりと近《ちか》づいてきてくれる。

「晴《はれ》くん……助《たす》けてっ……」

すがるようにそう言《い》えば、晴《はれ》くんの目《め》が大《おお》きく見開《みひら》いた。

「……空《そら》？」

え……？

自分《じぶん》で助《たす》けを求《もと》めておいてだけど、気《き》づいてもらえるわけがないと思《おも》っていたからびっくりした。

どうして……わ、わかったのっ……？

晴《はれ》くんって言《い》ったから……？

それにしても、別人《べつじん》になっているから、普通《ふつう》わかるはずないのにっ……。

「ど、どうしたの？　変装《へんそう》でもしてる？」

晴《はれ》くんは目《め》の前《まえ》の美少女《びしょうじょ》が私《わたし》だと確信《かくしん》しているのか、心配《しんぱい》そうにこっちを見《み》てくれた。

このままどうなってしまうんだろうという不安《ふあん》が大《おお》きかったから、気《き》づいてもらえたことに安心《あんしん》して、涙《なみだ》が出《で》そうになる。

「わ、私《わたし》も、わからなくてっ……」

どうしてこんな美少女《びしょうじょ》になってしまったのかも、この人《ひと》に腕《うで》をつかまれてるのかもっ……。

「……すみません、状況《じょうきょう》がわからないんですが、いったん離《はな》してください。彼女《かのじょ》は男《おとこ》の人《ひと》が苦手《にがて》なんです」

そう言《い》ってくれた晴《はれ》くんを、彼《かれ》はするどい目《め》でにらみつけた。

「離《はな》したら逃《に》げるだろーが。お前《まえ》、いい加減由姫《かげんゆき》をどこにやったか答《こた》えろ」

由姫《ゆき》っていうのは……この美少女《びしょうじょ》さんの名前《なまえ》……？

彼《かれ》は言葉《ことば》どおり、答《こた》えるまで逃《に》がさないとでもいうように腕《うで》を離《はな》してくれない。

彼《かれ》の威圧感《いあつかん》も相《あい》まって、怖《こわ》くて視界《しかい》がにじむ。

「……おい、その手離《てはな》せって言《い》ってるだろ」

晴《はれ》くん……。

こんなに怖《こわ》い人《ひと》に、ひるまず立《た》ち向《む》かってくれるなんて……。

「蓮《れん》さん……！」

え……？

自分《じぶん》の声《こえ》が聞《き》こえて、ますます混乱《こんらん》した。

勢《いきお》いよく振《ふ》り向《む》いた彼《かれ》の表情《ひょうじょう》が、安心《あんしん》したようにゆるむ。

「……っ、由姫《ゆき》」

私《わたし》も彼《かれ》の視線《しせん》を追《お》いかけると、そこには走《はし》ってくる私《わたし》の姿《すがた》が。

あ、頭《あたま》がおかしくなりそうっ……。

「わ、私《わたし》……！」

彼女《かのじょ》は目《め》を丸《まる》くしながら、私《わたし》を指《ゆび》さした。

私《わたし》……？　ってことは、この美少女《びしょうじょ》さんの中身《なかみ》ですか……！

この場《ば》にいる四人全員《よにんぜんいん》の額《ひたい》に、冷《ひ》や汗《あせ》が浮《う》かんでいた。


「つまり……ふたりは入《い》れ替《か》わってるってこと？」

状況《じょうきょう》を整理《せいり》してから、そうつぶやいた晴《はれ》くん。

「う、うん、そうみたい……」

私《わたし》が彼女《かのじょ》で、彼女《かのじょ》が私《わたし》だから……そういうことだと、思《おも》う。

でも……こ、こんな非現実的《ひげんじつてき》なことが起《お》こるなんて、信《しん》じられない……。

「戻《もど》る方法《ほうほう》を探《さが》さないとね……」

ぶつぶつとつぶやきながら、必死《ひっし》に考《かんが》えてくれている晴《はれ》くん。

私《わたし》は私《わたし》を……というより、彼女《かのじょ》を見《み》て首《くび》をかしげた。

「私《わたし》たち、いつ入《い》れ替《か》わったんでしょうか……」

入《い》れ替《か》わりなんて、聞《き》いたことがないし……元《もと》に戻《もど》る方法《ほうほう》があるのかもわからない……。

このままだったら、どうしよう……。

私《わたし》はともかく、こんなに美少女《びしょうじょ》なのに私《わたし》と入《い》れ替《か》わってしまったなんて、彼女《かのじょ》が気《き》の毒《どく》すぎて……。

「……あの……もしかしたら、私《わたし》のせいかもしれません……」

彼女《かのじょ》……由姫《ゆき》さんの言葉《ことば》に「え？」と声《こえ》がもれた。

「あの雑貨屋《ざっかや》さんに行《い》けば、元《もと》に戻《もど》るかもしれません……一緒《いっしょ》に来《き》てもらえませんか……？」

パニック!?【side《サイド》 蓮《れん》】

店《みせ》から出《で》てきた由姫《ゆき》に声《こえ》をかけたら、由姫《ゆき》が由姫《ゆき》じゃなくなっていた。

何《なに》を言《い》っているのか自分《じぶん》でもわからないが、こいつは由姫《ゆき》じゃないと全身《ぜんしん》が言《い》っていた。

案《あん》の定《じょう》、由姫《ゆき》は知《し》らない女《おんな》と入《い》れ替《か》わったらしく、無事《ぶじ》に再会《さいかい》することができた。

「あの雑貨屋《ざっかや》さんに行《い》けば、元《もと》に戻《もど》るかもしれません……一緒《いっしょ》に来《き》てもらえませんか……？」


雑貨屋《ざっかや》に来《き》てみたはいいが……いったいどういうことだ？

入《い》れ替《か》わった原因《げんいん》は、この店《みせ》にあるってことなのか……？

俺《おれ》たちを連《つ》れて店内《てんない》に入《はい》った由姫《ゆき》は、ある商品《しょうひん》の前《まえ》で足《あし》を止《と》めた。

手鏡《てかがみ》を持《も》って、申《もう》し訳《わけ》なさそうに由姫《ゆき》……の見《み》た目《め》をした女《おんな》を見《み》ていた。

「これで、あなたを見《み》たんです……なりたいあなたになれるって書《か》いてある鏡《かがみ》で……」

え……？

「なりたいあなたになれる……？」

「は、はい……あなたがすごくかわいかったから、私《わたし》もあなたみたいにかわいくなりたいって……」

「え……あ、あなたが、私《わたし》に……？」

由姫《ゆき》の言葉《ことば》に、女《おんな》は青《あお》ざめている。

隣《となり》にいる男《おとこ》は、なぜか誇《ほこ》らしげにほほえんでいた。

「うん、気持《きも》ちはわかります。空《そら》はかわいいから」

由姫《ゆき》もこの男《おとこ》も……さっきから、何《なに》を言《い》ってるんだ？

「俺《おれ》がかわいいと思《おも》うのは、由姫《ゆき》だけだ」

別《べつ》にこの女《おんな》を否定《ひてい》したわけじゃない。

世界中《せかいじゅう》どこを探《さが》したって、由姫《ゆき》より……というか、由姫以外《ゆきいがい》にかわいいやつなんかいない。

「……どういう意味《いみ》ですか？」

声《こえ》を低《ひく》くして、俺《おれ》をにらんできた男《おとこ》。こいつはどうでもいいから無視《むし》だ。

「蓮《れん》さん……」

由姫《ゆき》は俺《おれ》を見《み》て、一瞬《いっしゅんせつ》切なげに目《め》を細《ほそ》めた。

さっきから、自分《じぶん》がこいつよりもかわいくないみたいな言《い》い方《かた》……由姫《ゆき》は自分《じぶん》のかわいさを、自覚《じかく》してなさすぎる。

「え、えっと……これでもう一度《いちど》あなたを見《み》たら、元《もと》に戻《もど》るかも……！」

由姫《ゆき》の言葉《ことば》に、女《おんな》がぶんぶんと首《くび》を縦《たて》に振《ふ》った。

「お、お願《ねが》いします……！」

緊張《きんちょう》した様子《ようす》で、鏡《かがみ》を手《て》にした由姫《ゆき》。

俺《おれ》と男《おとこ》は映《うつ》らないように、一歩《いっぽ》後《う》ろ《し》へ下《さ》がった。

別《べつ》に、もし戻《もど》らなかったとしても……俺《おれ》の由姫《ゆき》への気持《きも》ちは何《なに》も変《か》わらない。

俺《おれ》が好《す》きになったのは——優《やさ》しくて、強《つよ》くて、繊細《せんさい》で……心配《しんぱい》になるくらいお人《ひと》よしな由姫《ゆき》だから。

由姫《ゆき》の目《め》が、大《おお》きく見開《みひら》いた。

「あ……私《わたし》だっ……」

姿《すがた》と口調《くちょう》が一致《いっち》したのを見《み》て、ほっと安堵《あんど》の息《いき》を吐《は》いた。

「戻《もど》ってる……！　よかったっ……！」

「は、はい！　よかったです……！」

由姫《ゆき》と女《おんな》が、手《て》を握《にぎ》り合《あ》わせながら喜《よろこ》んでいる。

男《おとこ》も安心《あんしん》したのか、胸《むね》をなで下《お》ろしていた。

「蓮《れん》さん、戻《もど》りましたっ……！」

「ああ、よかったな……」

戻《もど》らなくても気持《きも》ちは変《か》わらないと言《い》ったが、中身《なかみ》も見《み》た目《め》も、全部《ぜんぶ》まるごと愛《あい》してる。

やっぱり……由姫《ゆき》はありのままが、いちばんかわいい。

「それにしても……蓮《れん》さんも彼氏《かれし》さんも、よく気《き》づきましたね」

「か、彼氏《かれし》っ……!?」

由姫《ゆき》の言葉《ことば》に、顔《かお》を真《ま》っ赤《か》にした男《おとこ》。

……まさかこいつ……ここまで彼氏《かれし》ヅラしといて、恋人《こいびと》じゃなかったのか？

南《みなみ》やあの幼《おさな》なじみ並《な》みに図太《ずぶと》いな……呆《あき》れて言葉《ことば》も出《で》ない。

由姫《ゆき》も自分《じぶん》のかんちがいに気《き》づいたのか、ぺこりと頭《あたま》を下《さ》げた。

「あっ……ご、ごめんなさい、お似合《にあ》いだったので、恋人《こいびと》だと思《おも》って……」

よく見《み》たら、女《おんな》のほうも顔《かお》を赤《あか》くしている。

男《おとこ》はそんな女《おんな》を見《み》て、少《すこ》しうれしそうにしていた。

「いえ、光栄《こうえい》です」

「は、晴《はれ》くんっ……」

……何《なに》を見《み》せられてるんだ。

「由姫《ゆき》、また変《へん》なことが起《お》きないうちに、行《い》こう」

これ以上話《いじょうはな》すのも面倒《めんどう》で、由姫《ゆき》の手《て》を引《ひ》いた。

「あ……は、はい。あの、今回《こんかい》は私《わたし》のせいですみませんでした……！」

「い、いえ、戻《もど》る方法《ほうほう》を見《み》つけてくださって、ありがとうございます……！」

頭《あたま》を下《さ》げた由姫《ゆき》に、ほほえんだ女《おんな》。

少《すこ》しも由姫《ゆき》を責《せ》めるつもりがなさそうな笑顔《えがお》を見《み》て、根《ね》っからの善人《ぜんにん》だとわかった。

俺《おれ》も……。

「……悪《わる》かった。怖《こわ》い思《おも》いさせた」

勝手《かって》にかんちがいしてこの女《おんな》を責《せ》めたことは、謝《あやま》る。

何《なに》か言《い》いたげに俺《おれ》をにらんでいるこの男《おとこ》には、死《し》んでも謝《あやま》らねぇけどな。

「い、いえ……！　あの、おふたりとも、お幸《しあわ》せに……！」

「ふふっ、あなたたちも……！」

由姫《ゆき》の手《て》を握《にぎ》って、ふたりと別《わか》れて店内《てんない》を出《で》た。


「すごくいい子《こ》でしたね」

車《くるま》までの道《みち》を歩《ある》きながら、由姫《ゆき》が思《おも》い出《だ》したようにつぶやいた。

いいやつなんだとは思《おも》う。でも、それだけだ。

由姫《ゆき》以外《いがい》のやつには、何《なに》も思《おも》わない。

そういえば……。

「由姫《ゆき》、本気《ほんき》であいつになりたいと思《おも》ったのか？」

もともと入《い》れ替《か》わった原因《げんいん》は、由姫《ゆき》が願《ねが》ったからだと言《い》っていた。

「え、えっと……はい……」

「どうしてそんなことを思《おも》ったんだ……？」

由姫《ゆき》は視線《しせん》を下《さ》げて、ゆっくりと口《くち》を開《ひら》いた。

「あんなにかわいかったら、堂々《どうどう》と蓮《れん》さんの隣《となり》を歩《ある》けるだろうなって……」

……え？

なんだ、その理由《りゆう》……。

「でも、さっき蓮《れん》さんが私《わたし》のことをかわいいって言《い》ってくれて……安心《あんしん》、したんです……蓮《れん》さんさえそう思《おも》ってくれるなら、私《わたし》でいいやって思《おも》えました」

うれしそうに笑《わら》って、俺《おれ》の手《て》を握《にぎ》った由《ゆ》姫《き》。

「ありがとうございますっ……」

いじらしくて、胸《むね》が痛《いた》い。

そんなことを思《おも》わせてしまった自分《じぶん》が情《なさ》けなくなったが、同時《どうじ》に愛《いと》おしさが込《こ》み上《あ》げた。

「由姫《ゆき》が世界《せかい》で一番《いちばん》かわいい。二番《にばん》も三番《さんばん》も。この世《よ》でかわいいのは由姫《ゆき》だけだ」

俺《おれ》の言葉《ことば》に、顔《かお》を赤《あか》くした由姫《ゆき》。

これからは……もっと言葉《ことば》にしないといけ

ないみたいだ。

由姫《ゆき》が不安《ふあん》になる隙《すき》もなくなるくらい……。

どれだけ自分《じぶん》がかわいいのか、自覚《じかく》させないとな……。

小《ちい》さな手《て》を握《にぎ》りしめながら、そう誓《ちか》った。

「それにしても、あのふたりすごくお似合《にあ》いでしたね……！　美男美女《びなんびじょ》カップルで……！」

「カップルじゃないって言《い》ってたけどな」

「ふふっ、時間《じかん》の問題《もんだい》だと思《おも》いませんか？」

「そうか……。由姫《ゆき》は、ああいう男《おとこ》がタイプか？」

「いえ……私《わたし》のタイプは蓮《れん》さんです」

「……そうか」

由姫《ゆき》がそう言《い》ってくれるなら、俺《おれ》も一生俺《いっしょうおれ》でいい。

内心死《ないしんし》ぬほど焦《あせ》ったが……そう気《き》づかせてくれたあの変《へん》な鏡《かがみ》に、一《いち》ミリくらいは感謝《かんしゃ》してやる。

End

VAMPIRE AND THE ROSE
吸《きゅう》血《けつ》鬼《き》と
薔《ば》薇《ら》少《しょう》女《じょ》
～夏休《なつやす》みデート編《へん》～
原作・朝香《あさか》のりこ

キャラクター紹介《しょうかい》

夜宮朔《よみやさく》

千結《ちゆ》と同《おな》じクラスの吸血鬼《きゅうけつき》。イケメンで女子《じょし》にモテモテだけど、じつは意外《いがい》な素顔《すがお》を隠《かく》しているようで…？

白咲千結《しろさきちゆ》

男子《だんし》が苦手《にがて》な中《ちゅう》２女子《じょし》。お人《ひと》よしで、困《こま》っている人《ひと》を見《み》かけると放《ほう》っておけない性格《せいかく》。

吸血鬼《きゅうけつき》とは？

異性《いせい》の血《ち》を吸《す》って生《い》きる存在《そんざい》。ひとつの街《まち》にひとりくらいの割合《わりあい》でいる。自分《じぶん》だけに血《ち》をくれる女《おんな》の子《こ》のことを「薔薇《ばら》少女《しょうじょ》」と呼《よ》ぶらしくて…？

都築凛《つづきりん》

千結《ちゆ》の親友《しんゆう》。ボーイッシュなしっかり者《もの》。悩《なや》みがちな千結《ちゆ》に、ズバッとアドバイスしてくれる。

雪野陽葵《ゆきのひまり》

千結《ちゆ》の親友《しんゆう》。一見《いっけん》おっとりしたタイプだけど、いざという時《とき》に頼《たよ》りになるあざとかわいい女子《じょし》。

あらすじ
私《わたし》のクラスには
吸血鬼《きゅうけつき》がいる
…今日《きょう》 血《ち》 飲《の》めてなくて
どうしたの!?
とっさに血《ち》をあげて助《たす》けてあげられたけど……
夜宮《よみや》くん!
私《わたし》の血《ち》 吸《す》って!
俺《おれ》、もう 白咲《しろさき》の血《ち》しか 吸《す》わない
とんでもないヒミツの関係《かんけい》がはじまっちゃった!!
そんな夜宮《よみや》くんと、海《うみ》でデート!?

夏《なつ》といえば！

それは、朝学校《あさがっこう》に着《つ》いて、机《つくえ》の中《なか》を整理《せいり》している時《とき》だった。

「千結《ちゆ》！」

「おはよ」

大《おお》きな声《こえ》で名前《なまえ》を呼《よ》ばれて顔《かお》を上《あ》げると、今登校《いまとうこう》してきた陽葵《ひまり》ちゃんと凛《りん》ちゃんの姿《すがた》が。

「ふたりとも、おはよう！」

「ねえねえ、千結《ちゆ》って来週《らいしゅう》の金曜日《きんようび》空《あ》いてない？」

「来週《らいしゅう》の金曜日《きんようび》……？」

平日《へいじつ》だけど、明後日《あさって》から夏休《なつやす》みに入《はい》るから特《とく》に予定《よてい》はない。

「空《あ》いてるよ」

「じゃあ、みんなで海行《うみい》こ！」

海《うみ》……！

「行《い》きたい……！　三人《さんにん》でってこと？」

「えっと……あたしたち三人《さんにん》と、あたしの彼氏《かれし》とその友達《ともだち》の五人《ごにん》で」

「えっ……！」

陽葵《ひまり》ちゃんの彼氏《かれし》も……！

「あたしの彼氏《かれし》も誘《さそ》ったんだけど、バイトが入《はい》ってて無理《むり》だったのよ」

残念《ざんねん》そうにしている凛《りん》ちゃんが、なんだか乙女《おとめ》の顔《かお》をしているような気《き》がした。

それにしても、ほかの男《おとこ》の子《こ》もいるんだ……わ、私《わたし》……ちゃんと仲良《なかよ》くできるかなっ……。

男《おとこ》の子《こ》が苦手《にがて》だから、話《はな》せるか不安《ふあん》だけど……せっかく誘《さそ》ってもらったんだから、断《ことわ》りたくない。

それに、夏《なつ》だし一度《いちど》は海《うみ》で遊《あそ》びたい……！

「変《へん》なメンバーだけど、千結《ちゆ》さえよければ一緒《いっしょ》に行《い》かない？」

「うん、私《わたし》も行《い》きたい！」

「やった！　決《き》まり！」

「あ……でも、夜宮《よみや》くんに聞《き》いてもいい？」

ほかの男《おとこ》の子《こ》がいるなら、夜宮《よみや》くんが心配《しんぱい》するかもしれないし……確認《かくにん》だけしておきたい。

「もちろん、ていうか……」

「それ、俺《おれ》も行《い》っていいやつ？」

凛《りん》ちゃんが何《なに》か言《い》いかけた時《とき》、後《うし》ろからスッと夜宮《よみや》くんが現《あらわ》れた。

び、びっくりしたっ……！

「やっぱり、聞《き》いてたか。なんか視線《しせん》を感《かん》じた」

陽葵《ひまり》ちゃんは気《き》づいていたのか苦笑《にがわら》いしている。

「いいよ、声《こえ》かけようと思《おも》ってたし、千結《ちゆ》が行《い》くって言《い》ったら夜宮《よみや》くんも行《い》くだろうなって思《おも》ってたから一応人数《いちおうにんずう》に入《い》れてた」

「じゃあ俺《おれ》も行《い》く」

夜宮《よみや》くんも一緒《いっしょ》に……？

「で、でも……」

夜宮《よみや》くん、海《うみ》に行《い》っても大丈夫《だいじょうぶ》なのかなっ……？

「俺《おれ》が一緒《いっしょ》に行《い》くの嫌《いや》？」

悲《かな》しそうな夜宮《よみや》くんを見《み》て、あわてて首《くび》を横《よこ》に振《ふ》る。

「ちがうよ！　そうじゃなくて……夜宮《よみや》くん、吸血鬼《きゅうけつき》だから……」

「ん？　どういうこと？」

「日光《にっこう》とか、大丈夫《だいじょうぶ》かなって……」

心配《しんぱい》してそう聞《き》くと、夜宮《よみや》くんは「ふはっ」と吹《ふ》き出《だ》した。

「ど、どうして笑《わら》うの？」

わ、私《わたし》、おかしいこと言《い》った……？

「心配《しんぱい》してくれてありがとう。でも、大丈夫《だいじょうぶ》だから」

夜宮《よみや》くんが大丈夫《だいじょうぶ》って言《い》うなら、大丈夫《だいじょうぶ》なのかな……？

心配《しんぱい》だけど、夜宮《よみや》くんが来《き》てくれるなら、私《わたし》もうれしいっ……。

「それじゃあ、六人《ろくにん》で海満喫《うみまんきつ》しよ！」

凛《りん》ちゃんの言葉《ことば》に、私《わたし》は笑顔《えがお》でうなずいた。


当日《とうじつ》になって、みんなで海《うみ》にやってきた。

「海《うみ》だーっ！」

青《あお》い空《そら》、青《あお》い海《うみ》、白《しろ》い砂浜《すなはま》……！

これぞ夏《なつ》という光景《こうけい》に、胸《むね》のわくわくが止《と》まらない。

「千結《ちゆ》、何《なに》してるの……？」

って、はしゃいでる場合《ばあい》じゃない……！

私《わたし》を見《み》て、陽葵《ひまり》ちゃんが首《くび》をかしげている。

「準備《じゅんび》だよ……！」

レジャーシートを敷《し》いて、パラソルを立《た》てた。

これでよし……！

「夜宮《よみや》くんはここに座《すわ》って！」

「え……」

「肌痛《はだいた》くなってない？　あと帽子《ぼうし》もしっかりね」

一番日陰《いちばんひかげ》になる場所《ばしょ》に夜宮《よみや》くんを座《すわ》らせて、帽子《ぼうし》を頭《あたま》にのせた。

「ち、千結《ちゆ》、これは……」

「日差《ひざ》し対策《たいさく》……！」

夜宮《よみや》くんは大丈夫《だいじょうぶ》って言《い》ってたけど、あの後調《あとしら》べたら、やっぱり吸血鬼《きゅうけつき》は日光《にっこう》が苦《にが》手《て》だって書《か》いてあったから……！

一緒《いっしょ》に楽《たの》しみたいけど、無理《むり》だけはしてほしくない。

「ははっ……ほんとに大丈夫《だいじょうぶ》だから。俺《おれ》、半分人間《はんぶんにんげん》だし。キャップがあれば十分《じゅうぶん》」

あ……そ、そっか……吸血鬼《きゅうけつき》によっても、苦手《にがて》の度合《どあ》いはちがうんだっ……。

そうとも知《し》らず、必死《ひっし》に準備《じゅんび》してしまった自分《じぶん》が恥《は》ずかしくなった。

「ご、ごめん、おせっかいだったね……」

「気《き》づかってくれたんだよな。ありがとう」

勝手《かって》に空回《からまわ》ってしまったのに、そんな私《わたし》の頭《あたま》を優《やさ》しくなでてくれる夜宮《よみや》くん。

やっぱり、夜宮《よみや》くんは優《やさ》しいな……。

「千結《ちゆ》ー！　夜宮《よみや》くんー！　日陰《ひかげ》にいないで遊《あそ》ぶわよー！」

「千結《ちゆ》、行《い》こ」

「うん……！」

ふたりで手《て》をつないで、砂浜《すなはま》にかけ出《だ》した。

こうやってみんなと夜宮《よみや》くんと遊《あそ》ぶのって、初《はじ》めてかもしれない……。

「ねえ、スイカ割《わ》りしましょ！」

「じゃあまずは……さくちゆカップルからにする？」

「そ、その呼《よ》び方《かた》は……わ、私《わたし》、できるかな……」

「目隠《めかく》し危《あぶ》ないから、俺《おれ》がやる。千結指示役《ちゆしじやく》やってくれる？」

「うん！　任《まか》せてっ……！」

気《き》づかってくれたんだよな
ありがとう

「夜宮《よみや》くん、そこだよ！」

「わかった」

「おお！　ナイス夜宮《よみや》！」

「スイカ食《た》べよ〜！」


「千結《ちゆ》、浮《う》き輪《わ》？」

「う、うん、泳《およ》ぐの苦手《にがて》でっ……」

「俺《おれ》が引《ひ》っ張《ぱ》るから、一緒《いっしょ》に泳《およ》ご」

「うん！」

海《うみ》、すごく楽《たの》しいっ……！

ううん、海《うみ》じゃなくて……夜宮《よみや》くんといるから楽《たの》しいのかな……？

こんなふうに、夜宮《よみや》くんとたくさん楽《たの》しい思《おも》い出《で》ができたらいいな。


「ちょっと休憩《きゅうけい》〜」

「疲《つか》れたね〜」

凛《りん》ちゃんと陽葵《ひまり》ちゃんが、砂浜《すなはま》に座《すわ》った。

あれ……？

夜宮《よみや》くんも、少《すこ》し顔色《かおいろ》が悪《わる》い気《き》がする……。

「夜宮《よみや》くん、大丈夫《だいじょうぶ》？」

「うん、平気《へいき》」

ううん、やっぱり辛《つら》そうだよ……。

「無理《むり》してるよね？　顔《かお》も赤《あか》くなってるし……」

じいっと見《み》つめると、ごまかせないと思《おも》ったのか、困《こま》ったように笑《わら》った夜宮《よみや》くん。

「ちょっと日差《ひざ》しに当《あ》たりすぎただけ。休《やす》めば治《なお》るから。心配《しんぱい》してくれてありがとう」

やっぱり、無理《むり》してるんだっ……。

これ以上悪化《いじょうあっか》しないように、夜宮《よみや》くんを朝準備《あさじゅんび》したレジャーシートに座《すわ》らせた。

「それじゃあ、ここで休《やす》んでて！　私《わたし》、飲《の》み物買《ものか》ってくるから！」

「心配《しんぱい》だし俺《おれ》も……」

「あたしたちも一緒《いっしょ》に行《い》くよ」

「うん、夜宮《よみや》くんは休《やす》んでて～」

凛《りん》ちゃんと陽葵《ひまり》ちゃんもついてきてくれて、夜宮《よみや》くん以外《いがい》の五人《ごにん》で飲《の》み物《もの》を買《か》いに向《む》かった。

陽葵《ひまり》ちゃんも、彼氏《かれし》さんと楽《たの》しめてるかな……？

ふたりで楽《たの》しそうに話《はな》している姿《すがた》を見《み》て、微笑《ほほえ》ましい気持《きも》ちになった。

「千結《ちゆ》、上着脱《うわぎぬ》がないの？」

凛《りん》ちゃんにそう聞《き》かれて、「えっ」と声《こえ》がもれる。

「せっかくかわいい水着買《みずぎか》ったのに、もったいないよ」

た、たしかに、今日《きょう》のために買《か》ったけど……。

「は、恥《は》ずかしくて……」

上着《うわぎ》を脱《ぬ》ぐ勇気《ゆうき》がわかない……。

「夜宮《よみや》くんもいつもとちがう千結《ちゆ》、見《み》てみたいと思《おも》うけど」

凛《りん》ちゃんの言葉《ことば》に、うーんと悩《なや》む。

「私《わたし》、夜宮《よみや》くん心配《しんぱい》だから先《さき》に戻《もど》ってるね！」

ひとまず水《みず》を買《か》って、夜宮《よみや》くんが待《ま》っている場所《ばしょ》に走《はし》った。

「あっ……」

急《いそ》ぎすぎたのか、つまずいてペットボトルを落《お》としてしまう。

あわてて拾《ひろ》おうとした時《とき》、すっと伸《の》びてきた手《て》がペットボトルをつかんだ。

「はい、どうぞ」

え……？　だ、誰《だれ》？

知《し》らない男《おとこ》の人《ひと》……怖《こわ》いな……。

よく見《み》ると、後《うし》ろにはもうふたり男《おとこ》の人《ひと》がいた。

派手《はで》な見《み》た目《め》をしていて、萎縮《いしゅく》してしまう。

「あ、ありがとうございますっ……」

お礼《れい》を言《い》ってペットボトルを受《う》け取《と》ろうとしたけど、彼《かれ》がとれないようにペットボトルを上《うえ》にあげた。

「君《きみ》、めっちゃかわいいね。ヒマなら遊《あそ》ぼーよ」

「どこに住《す》んでるの？」

「飯《めし》おごるから、あっち行《い》こ」

な、なんだろう、この人《ひと》たち……。

逃《に》げたいのに……怖《こわ》くて、動《うご》けない……っ。

手《て》をぎゅっと握《にぎ》りしめた時《とき》、目《め》の前《まえ》に影《かげ》ができた。

「何《なに》やってんの？」

夜宮《よみや》くんっ……。

私《わたし》の服《ふく》をつかんでいた怖《こわ》い人《ひと》の手《て》を、強《つよ》く握《にぎ》っている。

いってぇ…っ
なんだこいつ
力強《ちからつえ》ぇ…
吸血鬼《きゅうけつき》か？
よっ 夜宮《よみや》くん
私《わたし》 大丈夫《だいじょうぶ》だよ！
ぱ

「いってぇ……っ」

見《み》るからにぎりぎり音《おと》がなりそうな強《つよ》さで握《にぎ》っていて、心配《しんぱい》になった。

「なんだこいつ、力強《ちからつえ》ぇ……」

「吸血鬼《きゅうけつき》か?」

このままじゃ、夜宮《よみや》くんが怪我《けが》をさせちゃうかもしれない……っ。

助《たす》けてくれた夜宮《よみや》くんが悪者《わるもの》になるのは、嫌《いや》だっ……。

「よっ、夜宮《よみや》くん、私大丈夫《わたしだいじょうぶ》だよ!」

そう言《い》うと、夜宮《よみや》くんは少《すこ》しだけ手《て》の力《ちから》をゆるめた。

その隙《すき》に、手《て》を振《ふ》り払《はら》った男《おとこ》の人《ひと》。

「〜っ、化《ば》け物《もの》が!」

捨《す》てゼリフのようにそう吐《は》いて、逃《に》げるように走《はし》っていった。

化《ば》け物《もの》……?

そんな言《い》い方《かた》……ひどい……っ。

「夜宮《よみや》くん……っ」

「千結《ちゆ》、大丈夫《だいじょうぶ》だった?」

振《ふ》りかえった夜宮《よみや》くんの表情《ひょうじょう》は、どこか影《かげ》があるように見《み》えた。

体調《たいちょう》のせいじゃない。

きっと、今《いま》の言葉《ことば》に傷《きず》ついたんだ。

「う、うん、私《わたし》は……大丈夫《だいじょうぶ》」

夜宮《よみや》くんが、助《たす》けてくれたから……。

「ああいうやつらうじゃうじゃいるから、ひとり行動《こうどう》は禁止《きんし》」

「う、うん……」

「戻《もど》ろっか」

あ……この顔《かお》……。

無理《むり》に笑《わら》ってる、顔《かお》……。

私《わたし》の手《て》を握《にぎ》って、歩《ある》きだした夜宮《よみや》くん。

寂《さみ》しそうな背中《せなか》に、なんて言葉《ことば》をかけていいのかわからなくなった。


ふたりでレジャーシートのところに戻《もど》ると、ちょうど凛《りん》ちゃんたちも戻《もど》ってきていて、何事《なにごと》もなかったようにその後《あと》もみんなで遊《あそ》んだ。

だけど、私《わたし》には夜宮《よみや》くんがずっと、悲《かな》しそうにしてる気《き》がして……気《き》になって仕方《しかた》がなかった。

あの時《とき》、なんて言葉《ことば》をかけるのが正解《せいかい》だったんだろう。

そんなこともわからないなんて……私《わたし》は、彼女失格《かのじょしっかく》だ。

『〜っ、化《ば》け物《もの》が！』

夜宮《よみや》くんは、化《ば》け物《もの》なんかじゃないのに……。

私《わたし》がそれを言《い》っても、届《とど》かない気《き》がして……。

「凛《りん》ちゃん……私《わたし》ちょっと、お手洗《てあら》い行《い》ってくるっ……」

「うん、わかった」

近《ちか》くにいた凛《りん》ちゃんにだけ伝《つた》えて、こっそりと夜宮《よみや》くんから離《はな》れた。

夜宮《よみや》くんのことを知《し》らない人《ひと》の言葉《ことば》に、傷《きず》つかなくていいんだよって、言《い》いたい……。

私《わたし》にとって夜宮《よみや》くんは、世界《せかい》でたったひとりの、大好《だいす》きな人《ひと》だから……。

「あ、見《み》つけた」

え……？

聞《き》き覚《おぼ》えのある声《こえ》が聞《き》こえて、顔《かお》を上《あ》げる。

そこには、さっきの三人組《さんにんぐみ》の男《おとこ》の人《ひと》たちがいた。

「……っ」

どうしよう……ひとりで行動《こうどう》するんじゃなかったっ……。

せっかくさっき、夜宮《よみや》くんが助《たす》けてくれたのに……。

「なあ、さっきの吸血鬼《きゅうけつき》、君《きみ》の彼氏《かれし》？」

まるで馬鹿《ばか》にしたみたいに、半笑《はんわら》いで聞《き》いてくるその人《ひと》。

かちんときて、彼《かれ》らをにらみつけた。

「そ、そうです！　私《わたし》の大切《たいせつ》な彼氏《かれし》です……！」

「はっ、やめといたほうがいいよ。吸血鬼《きゅうけつき》って、ろくでもないやつしかいないから」

何言《なにい》ってるの……？

夜宮《よみや》くんのこと、何《なに》も知《し》らないくせに……。

「つーか、吸血鬼《きゅうけつき》ってチートだよな。女子《じょし》はべらせて血吸《ちす》ってたらいいんだから」

「最初《さいしょ》からなんでもできて、生《い》きるの楽《らく》そー」

ぎゃはははと下品《げひん》に笑《わら》う彼《かれ》らを見《み》て、怒《いか》りと同時《どうじ》に悲《かな》しみが込《こ》み上《あ》げた。

ちがう……。

夜宮《よみや》くんは、誰《だれ》よりも生《い》きづらそうにしてた。

吸血鬼《きゅうけつき》なのに血《ち》が飲《の》めなくて、自分《じぶん》を偽《いつわ》ってまで、血《ち》をもらう相手《あいて》を探《さが》してて……。

吸血鬼《きゅうけつき》と人間《にんげん》のハーフだから、共感《きょうかん》できる人《ひと》もいなくて……ずっと、ひとりで苦《くる》しんでたんだと思《おも》う。

今《いま》だって……私《わたし》は恋人《こいびと》なのに、夜宮《よみや》くんになんて声《こえ》をかけていいのかすらわからない……。

ごめんね、夜宮《よみや》くん……。

私《わたし》はダメな彼女《かのじょ》だけど……それでも、夜宮《よみや》くんを侮辱《ぶじょく》されることだけは、絶対《ぜったい》に許《ゆる》せない……。

「……馬鹿《ばか》にしないでください」

「は？」

「夜宮《よみや》くんがすごいのは、夜宮《よみや》くんががんばってるからです！　人《ひと》の苦労《くろう》もわからない人《ひと》が、夜宮《よみや》くんを語《かた》らないで！」

「〜っ、こいつ……っ」

逆上《ぎゃくじょう》したのか、目《め》の前《まえ》の人《ひと》が私《わたし》の肩《かた》を押《お》した。

え――……。
ゆっくりと、体《からだ》が後《うし》ろに倒《たお》れていく。
待《ま》って……ここ、崖《がけ》の、上《うえ》なのに……。
あっけなく落《お》ちた私《わたし》は、そのまま海《うみ》に沈《しず》んでいった。
どうしよう……泳《およ》げない、のに……。
なんとか水面《すいめん》に出《で》ようとしたけど、もがけばもがくほど体《からだ》が沈《しず》んでいく。
もう、息《いき》が……っ。
意識《いしき》が遠《とお》のきそうになった時《とき》、さっきの夜宮《よみや》くんの顔《かお》を思《おも》い出《だ》した。
また、夜宮《よみや》くんが、悲《かな》しい顔《かお》しちゃうな……。
――ぎゅっ。
え……？
意識《いしき》が遠《とお》のいていく中《なか》、手《て》をつかまれる感覚《かんかく》があった。
夜宮《よみや》、くん……？
「……結《ゆ》」

私《わたし》の名前《なまえ》を呼《よ》ぶ声《こえ》が聞《き》こえて、ゆっくりと意識《いしき》が覚醒《かくせい》していく。

「千結《ちゆ》！」

あ……夜宮《よみや》くん……。

やっぱり……最後《さいご》に見《み》えたのは、夜宮《よみや》くんだったんだ……。

また、助《たす》けてくれた……。

「千結《ちゆ》、大丈夫《だいじょうぶ》……？」

心配《しんぱい》そうに私《わたし》を見《み》る夜宮《よみや》くんに、手《て》を伸《の》ばす。

「化《ば》け物《もの》、なんかじゃないよ……」

さっきは言《い》えなかったけど……私《わたし》が夜宮《よみや》くんをどう思《おも》っているのか、わかっていてほしい。

「夜宮《よみや》くんは、私《わたし》のヒーロー……」

かっこよくて、優《やさ》しくて、頼《たの》もしくて……繊細《せんさい》な一面《いちめん》もあって、努力家《どりょくか》で……そんな夜宮《よみや》くんが……。

「大好《だいす》き……」

この気持《きも》ちが、全部《ぜんぶ》そのまま伝《つた》わればいいのに……。

一番大切《いちばんたいせつ》な人《ひと》【side《サイド》 夜宮《よみや》】

都築《つづき》と雪野《ゆきの》が千結《ちゆ》を誘《さそ》って、俺《おれ》も海《うみ》に同行《どうこう》させてもらうことになった。

海《うみ》なんか危《あぶ》な過《す》ぎるし、千結《ちゆ》はかわいいから、放《ほう》っておいたらナンパされ放題《ほうだい》だ。

今日《きょう》は、絶対《ぜったい》に俺《おれ》が守《まも》る。

「ち、千結《ちゆ》、これは……」

「日差《ひざ》し対策《たいさく》……！」

……そう思《おも》っていたけど、千結《ちゆ》のほうが俺《おれ》のことを守《まも》ろうとしているのを感《かん》じて、思《おも》わず笑《わら》ってしまった。

「ははっ……ほんとに大丈夫《だいじょうぶ》だから。俺《おれ》、半分人間《はんぶんにんげん》だし。キャップがあれば十分《じゅうぶん》」

「ご、ごめん、おせっかいだったね……」

「気《き》づかってくれたんだよな。ありがとう」

本気《ほんき》で心配《しんぱい》している千結《ちゆ》がかわいくて、愛《いと》おしい気持《きも》ちがあふれる。

かわいいな……本当《ほんとう》に。

千結《ちゆ》といるのが楽《たの》しすぎて、つい柄《がら》にもなくはしゃいでしまった。

日《ひ》に当《あ》たりすぎたのか、体《からだ》がだるくなって休《やす》ませてもらった。

都築《つづき》たちと一緒《いっしょ》に飲《の》み物《もの》を買《か》いに行《い》ってくれたけど……大丈夫《だいじょうぶ》かな、心配《しんぱい》だ……。

男《おとこ》もふたりいるから平気《へいき》だとは思《おも》うけど、やっぱり心配《しんぱい》でじっとしていることができなかった。

俺《おれ》は重《おも》い体《からだ》を起《お》こして、千結《ちゆ》たちが向《む》かった方向《ほうこう》へ進《すす》む。

「君《きみ》、めっちゃかわいいね」

「ねえ、ヒマなら遊《あそ》ぼーよ」

男《おとこ》の声《こえ》……？

海《うみ》でナンパなんかよくあることだと思《おも》ったけど、嫌《いや》な予感《よかん》がして視線《しせん》を向《む》けた。

「どこに住《す》んでるの？」

「飯《めし》おごるから、あっち行《い》こ」

……っ、千結《ちゆ》……！

「何《なに》やってんの？」

「いってぇ……っ」

あわてて駆け寄《よ》って、男《おとこ》の手《て》をつかむ。

千結《ちゆ》を背中《せなか》に隠《かく》して、ナンパ男《おとこ》たちをにらんだ。

「～っ、化《ば》け物《もの》が！」

化《ば》け物《もの》……。

久《ひさ》しぶりに、そういうこと言《い》われたな……。

そういえば、前《まえ》はよく言《い》われたけど……ここまで直接的《ちょくせつてき》な言葉《ことば》は久《ひさ》しぶりに言《い》われた。

まあ……普通《ふつう》の人間《にんげん》からしたら、化《ば》け物《もの》か。

別《べつ》に、どうだっていい。少《すこ》し前《まえ》までの俺《おれ》なら、そんな言葉《ことば》気《き》にしなかったはずだ。

でも……千結《ちゆ》の前《まえ》で、言《い》われたくなかった。

化《ば》け物《もの》って言《い》われる彼氏《かれし》って……みっともないな……。

「夜宮《よみや》くん……っ」

千結《ちゆ》の表情《ひょうじょう》や声色《こわいろ》から、俺《おれ》のことを心配《しんぱい》してるのが伝《つた》わってくる。

気《き》をつかわせないように、できる限《かぎ》り平静《へいせい》をよそおった。

「千結《ちゆ》、大丈夫《だいじょうぶ》だった？」

「う、うん、私《わたし》は……大丈夫《だいじょうぶ》」

「ああいうやつらうじゃうじゃいるから、ひとり行動《こうどう》は禁止《きんし》」

「う、うん……」

「戻《もど》ろっか」

何《なに》か言《い》いたげな千結《ちゆ》の手《て》を少《すこ》し強引《ごういん》につかんで、レジャーシートのところへ戻《もど》る。

その後《あと》も何事《なにごと》もなく遊《あそ》んだけど、千結《ちゆ》がずっと、心配《しんぱい》そうに俺《おれ》を見《み》ていた。

どうしよう……俺《おれ》は気《き》にしてないから心配《しんぱい》しなくていいって、言《い》った方《ほう》がいいか……。

でも、そんなこと言《い》ったら余計《よけい》に気《き》にしてるみたいに見《み》えないか……？

どうするべきか考《かんが》えながら千結《ちゆ》のほうを見《み》て、俺《おれ》は目《め》を見開《みひら》いた。

あれ……？　千結《ちゆ》、どこ行《い》った……？

一瞬《いっしゅん》目《め》を離《はな》した隙《すき》に、いなくなっていた千結《ちゆ》。

さっきまでここにいたはずなのに……。

「都築《つづき》、千結《ちゆ》は？」

「お手洗《てあら》い行《い》くって言《い》ってたけど……なんかちょっと、さっきから元気《げんき》ないみたい」

……っ、ひとりで行《い》ったのか……？

「夜宮《よみや》くんもなんかおかしいけど、何《なに》かあった？」

「……後《あと》で説明《せつめい》する」

そう返事《へんじ》をして、俺《おれ》は千結《ちゆ》を探《さが》しに行《い》った。


「なあ、さっきの吸血鬼《きゅうけつき》、君《きみ》の彼氏《かれし》？」

必死《ひっし》に走《はし》って周《まわ》りを探《さが》していた時《とき》、男《おとこ》の声《こえ》が聞《き》こえた。

視線《しせん》を向《む》けると、そこにはさっきの男三人《おとこさんにん》と、千結《ちゆ》の姿《すがた》が。

あいつら、また……っ。

「そ、そうです！　私《わたし》の大切《たいせつ》な彼氏《かれし》です……！」

すぐに止《と》めに入《はい》ろうとしたけど、千結《ちゆ》の大《おお》きな声《こえ》に驚《おどろ》いて、足《あし》が止《と》まった。

普段《ふだん》は、声《こえ》を荒《あら》らげたりするタイプじゃないのに……。

もしかして、俺《おれ》のために怒《おこ》ってるのか……？

「はっ、やめといたほうがいいよ。吸血鬼《きゅうけつき》って、ろくでもないやつしかいないから」

「つーか、吸血鬼《きゅうけつき》ってチートだよな。女子《じょし》はべらせて血吸《ちす》ってたらいいんだから」

「最初《さいしょ》からなんでもできて、生《い》きるの楽《らく》そー」

……やめろ、千結《ちゆ》の前《まえ》で、余計《よけい》なことを言《い》うな……。

「……馬鹿《ばか》にしないでください」

千結《ちゆ》……？

「夜宮《よみや》くんがすごいのは、夜宮《よみや》くんががんばってるからです！　人《ひと》の苦労《くろう》もわからない人《ひと》が、夜宮《よみや》くんを語《かた》らないで！」

「～っ、こいつ……っ」

……っ、まずい……！

俺《おれ》が止《と》めに入《はい》るよりも先《さき》に、男《おとこ》が千結《ちゆ》を突《つ》き落《お》とした。

千結《ちゆ》は、泳《およ》げないのに……っ。

海《うみ》に飛《と》び込《こ》んで、千結《ちゆ》を引《ひ》き上《あ》げた。

「千結《ちゆ》……！」

岸《きし》まで連《つ》れてきて、意識《いしき》を失《うしな》っている千結《ちゆ》の名前《なまえ》を呼《よ》ぶ。

「千結《ちゆ》！　頼《たの》む、起《お》きてくれ……」

「……」

「千結《ちゆ》！」

閉《と》じていた目《め》がゆっくり開《あ》いていくのを見《み》て、全身《ぜんしん》の力《ちから》が抜《ぬ》けるほど安堵《あんど》した。

よか、った……。

「千結《ちゆ》、大丈夫《だいじょうぶ》……？」

あれ……？

ゆっくりと、俺《おれ》のほうに手《て》を伸《の》ばしてきた千結《ちゆ》。

「化《ば》け物《もの》、なんかじゃないよ……」

……え？

もしかして……さっきのことを、言《い》ってるのか……？

千結《ちゆ》の手《て》が、そっと俺《おれ》の頬《ほお》に重《かさ》なる。

「夜宮《よみや》くんは、私《わたし》のヒーロー……」

ち、ゆ……。

「大好《だいす》き……」

心《こころ》の奥底《おくそこ》から、熱《あつ》いものが込《こ》み上《あ》げてくる。

今《いま》の俺《おれ》に、その言葉《ことば》は反則《はんそく》だった。

涙《なみだ》が出《で》そうなくらい、嬉《うれ》しかった。

「夜宮《よみや》くんが、いつも私《わたし》を守《まも》ってくれるように……夜宮《よみや》くんを傷《きず》つける人《ひと》がいたら、私《わたし》が守《まも》るから……」

やっぱり、俺《おれ》が傷《きず》ついてないか、心配《しんぱい》してくれてたんだな……。

俺《おれ》以上《いじょう》に、俺《おれ》のことを考《かんが》えて、大事《だいじ》にしてくれる。

「千結《ちゆ》、俺《おれ》はあいつらの言葉《ことば》に傷《きず》ついたわけじゃない」

「え……？」

「千結《ちゆ》にみっともないところ見《み》られて、落《お》ち込《こ》んでただけ」

自分《じぶん》の彼氏《かれし》があんなことを目《め》の前《まえ》で言《い》われて、しかも言《い》い返《かえ》せなくなってたら……かっこ悪《わる》いと思《おも》うから。

千結《ちゆ》にそんなところを見《み》られて、しかもうまく言《い》い訳《わけ》もできなくて……自分《じぶん》が恥《は》ずかしくなってただけ。

「みっともなくなんてないよ。夜宮《よみや》くんはいつもかっこいいよ」

「……ありがとう。千結《ちゆ》がそう言《い》ってくれるなら、誰《だれ》からどう思《おも》われたっていい」

今度《こんど》は俺《おれ》が、千結《ちゆ》の頬《ほお》に手《て》を重《かさ》ねた。

「愛《あい》してる」

……千結《ちゆ》がいてくれたら、もうほかは何《なに》もいらない。

だからずっと……俺《おれ》のそばにいて。

「私《わたし》もっ……」

微笑《ほほえ》んでくれる千結《ちゆ》に、そっとキスをした。

「あのお……もう大丈夫《だいじょうぶ》？」

「心配《しんぱい》したけど、平気《へいき》みたいね」

……都築《つづき》と雪野《ゆきの》……いつからいたんだ……。

邪魔《じゃま》されて不機嫌《ふきげん》になった俺《おれ》の隣《となり》で、りんごみたいに真《ま》っ赤《か》になってる千結《ちゆ》。

俺《おれ》にとってその日《ひ》は、最高《さいこう》の思《おも》い出《で》になった。

……もちろん、千結《ちゆ》を危険《きけん》な目《め》に遭《あ》わせたあいつらには、ちゃんと処分《しょぶん》を下《くだ》した。

End

あとがき

こんにちは、＊あいら＊です！

この度《たび》は、『溺愛《できあい》MAX《マックス》な恋《こい》スペシャル♡Sweet《スイート》　＊あいら＊先生《せんせい》超《ちょう》人気《にんき》シリーズ大《だい》集合《しゅうごう》！』を読《よ》んでくださってありがとうございます！

初《はつ》となるシリーズ番外編集《ばんがいへんしゅう》を出《だ》させていただきとてもうれしいです……！

「全部知《ぜんぶし》ってる！」という方《かた》も、「この作品《さくひん》だけ知《し》ってる！」という方《かた》も、全員《ぜんいん》に楽《たの》しんでいただけていたらうれしいです……！

今回《こんかい》の番外編集《ばんがいへんしゅう》は、シリーズの発売順《はつばいじゅん》に執筆《しっぴつ》しました……！

『溺愛《できあい》120%《パーセント》の恋《こい》♡』シリーズ、『総長《そうちょう》さま』シリーズ、『ウタイテ！』シリーズ、『吸血鬼《きゅうけつき》と薔薇《ばら》少女《しょうじょ》』シリーズという順番《じゅんばん》です！

『溺愛《できあい》120%《パーセント》の恋《こい》♡』シリーズからは、第一弾《だいいちだん》の莉子《りこ》ちゃん×湊先輩《みなとせんぱい》カップルのお話《はなし》でした……！

ひさしぶりにふたりを書《か》かせていただけて、とても楽《たの》しかったです……！　少《すこ》しだけ第《だい》三弾《さんだん》の京壱《きょういち》くんも登場《とうじょう》していました……！

そして、かなめもにか先生《せんせい》の書《か》き下《お》ろし挿絵《さしえ》が本当《ほんとう》に素敵《すてき》で……！　シリーズが始《はじ》まる前《まえ》のことを思《おも》い出《だ》しました！

『溺愛《できあい》120％《パーセント》の恋《こい》♡』シリーズは私《わたし》の児童文庫《じどうぶんこ》デビュー作品《さくひん》なのですが、最初《さいしょ》かなめもにか先生《せんせい》の表紙《ひょうし》を見《み》せていただいた時《とき》「なんてかわいいんだ……」とスマホを持《も》つ手《て》が震《ふる》えました……！

今《いま》でもあの時《とき》のことが忘《わす》れられず、とてもいい思《おも》い出《で》です……！

かなめもにか先生《せんせい》、『溺愛《できあい》120％《パーセント》の恋《こい》♡』シリーズのイラストを担当《たんとう》してくださって本当《ほんとう》にありがとうございます……！

『総長《そうちょう》さま』シリーズでは、3－S組《エスぐみ》をメインに、人気投票《にんきとうひょう》で上位常連《じょういじょうれん》の冬夜《とうや》くんの視点《してん》も入《い》れさせていただきました……！　今《いま》までアンソロジーで何度《なんど》か総長《そうちょう》さまの番《ばん》外編《がいへん》を書《か》かせていただく機会《きかい》があったのですが、3－S組《エスぐみ》をメインにしたことがなかったのでついに今回書《こんかいか》くことができました……！

『ウタイテ！』シリーズでも、スカイライトみんなとのエピソードを書《か》かせていただけて楽《たの》しかったです……！　いつか海《うみ》ちゃんやダクエレのみんなとの番外編《ばんがいへん》も書《か》いてみたいです！

『総長《そうちょう》さま』シリーズと『ウタイテ！』シリーズのコラボ番外編《ばんがいへん》も、アンケートでヒロインふたりの入《い》れ替《か》えのお話《はなし》を読《よ》みたい！というお声《こえ》を複数《ふくすう》いただき、実現《じつげん》しました……！

『総長《そうちょう》さま』シリーズと『ウタイテ！』シリーズに欠《か》かせないのは、なんと言《い》っても茶《ちゃ》乃《の》ひなの先生《せんせい》の美麗《びれい》イラストです……！

現在《げんざい》も連載中《れんさいちゅう》のふたつのシリーズを担当《たんとう》していただき、茶乃先生《ちゃのせんせい》には日々感謝《ひびかんしゃ》の気持《きも》ちでいっぱいです……！　いつもシリーズを支《ささ》えてくださって、本当《ほんとう》にありがとうございます……！

そしてそして、ノベライズを担当《たんとう》させていただいている『吸血鬼《きゅうけつき》と薔薇少女《ばらしょうじょ》』シリーズのお話《はなし》も書《か》かせていただきました……！　今回《こんかい》は夏《なつ》のエピソードを書《か》かせていただきました！

このシーン、原作《げんさく》のコミックスではとてもとても重要《じゅうよう》な回《かい》になっていて、私《わたし》にとっても大好《だいす》きなエピソードのひとつなので、ぜひまだ原作《げんさく》コミックスを読《よ》んだことがないよという方《かた》に読《よ》んでいただきたいです……！

最初《さいしょ》から最後《さいご》まで一冊丸《いっさつまる》ごと朝香《あさか》のりこ先生《せんせい》の神作画《かみさくが》が楽《たの》しめる原作《げんさく》コミックスは最高《さいこう》です……！

朝香先生《あさかせんせい》は作画《さくが》も神《かみ》ですがお人柄《ひとがら》も神《かみ》なので、コミックスももちろん神《かみ》です……！

先生《せんせい》とは、ケータイ小説文庫時代《しょうせつぶんこじだい》の『総長《そうちょう》さま』シリーズからお世話《せわ》になり、数々《かずかず》の作品《さくひん》でご一緒《いっしょ》させていただいてます……！　今《いま》はりぼんさんで、私《わたし》が原案《げんあん》を担当《たんとう》させていただいた『絶世《ぜっせい》の悪女《あくじょ》は魔王子《まおうじ》さまに寵愛《ちょうあい》される』を連載《れんさい》してくださっております……！

ノベライズやコミカライズ、小説《しょうせつ》の表紙《ひょうし》などなど……朝香《あさか》のりこ先生《せんせい》、いつも本当《ほんとう》にありがとうございます！

すでにあとがきにしては文字数《もじすう》をオーバーしてしまっているのですが、最後《さいご》にあらためて携《たずさ》わってくださった方々《かたがた》への感謝《かんしゃ》を述《の》べさせてください……！

素敵《すてき》なデザインに仕《し》上《あ》げてくださったデザイナー様《さま》！

イラストを担当《たんとう》してくださったかなめもにか先生《せんせい》！　茶乃《ちゃの》ひなの先生《せんせい》！　朝香《あさか》のりこ先《せん》生《せい》！

スターツ出版《しゅっぱん》の皆様《みなさま》、印刷会社《いんさつがいしゃ》の皆様《みなさま》、書店様《しょてんさま》……！

いつも応援《おうえん》してくださる読者様《どくしゃさま》！

携《たずさ》わってくださったすべての方《かた》に、心《こころ》から感謝申《かんしゃもう》し上《あ》げます！

これからも『溺愛《できあい》120％《パーセント》の恋《こい》♡』『総長《そうちょう》さま、溺愛中《できあいちゅう》につき。』『ウタイテ！』『吸《きゅう》血鬼《けつき》と薔薇《ばら》少女《しょうじょ》』をよろしくお願《ねが》いいたします……！

読者様《どくしゃさま》に最大級《さいだいきゅう》のときめきをお届《とど》けできるように、精一杯頑張《せいいっぱいがんば》ります！

ここまで読《よ》んでくださり、ありがとうございました！

二〇二五年一月二十日　＊あいら＊

『溺愛 120%の恋♡～クールな生徒会長は私だけにとびきり甘い～』

絵・かなめもにか

福岡県出身。漫画家・イラストレーターとして活動中。

『総長さま、溺愛中につき。』、『ウタイテ！』

絵・茶乃ひなの（ちゃの　ひなの）

愛知県出身。アプリのキャラクターイラストや、小説のカバーイラストを手掛けるイラストレーター。Ａ型。趣味は読書で、特に恋愛ものがすき。

『吸血鬼と薔薇少女』

絵＆原作・朝香のりこ（あさか　のりこ）

少女漫画家。第 2 回 りぼん新人まんがグランプリにて『恋して祈れば』が準グランプリを受賞し、2015 年にデビュー。既刊に『吸血鬼と薔薇少女』全 11 巻（集英社刊）があり、人気を博している。＊あいら＊によるケータイ小説文庫版『総長さま、溺愛中につき。』（スターツ出版刊）シリーズのカバーとコミカライズも手掛けている（漫画版『総長さま、溺愛中につき。』は集英社・りぼんマスコットコミックスより発売）。月刊少女コミック誌「りぼん」で執筆活動中。

著・＊あいら＊
ハッピーエンドを専門に執筆活動をしている。2010 年 8 月『極上♥恋愛主義』が書籍化され、ケータイ小説史上最年少作家として話題に。ケータイ小説文庫のシリーズ作品では、『溺愛 120%の恋♡』シリーズ（全 6 巻）、『総長さま、溺愛中につき。』（全 4 巻）に引き続き、『極上男子は、地味子を奪いたい。』（全 6 巻）も大ヒット。野いちごジュニア文庫でも、胸キュンしたい読者に多くの反響を得ている。小説サイト「野いちご」で執筆活動中。

溺愛 MAX な恋スペシャル♡ Sweet
＊あいら＊先生超人気シリーズ大集合！

2025 年 1 月 20 日 初版第 1 刷発行

著　　者　＊あいら＊　©＊Aira＊ 2025
（『吸血鬼と薔薇少女』原作　朝香のりこ　©Noriko Asaka 2025）
発 行 人　菊地修一
デザイン　カバー　北國ヤヨイ（ucai）
（『吸血鬼と薔薇少女』ロゴ　釜ヶ谷瑞希+ベイブリッジ・スタジオ）
発 行 所　スターツ出版株式会社
〒104-0031 東京都中央区京橋1-3-1 八重洲口大栄ビル7F
TEL 03-6202-0386（出版マーケティンググループ）
TEL 050-5538-5679（書店様向けご注文専用ダイヤル）
https://starts-pub.jp/
印 刷 所　大日本印刷株式会社

Printed in Japan
ISBN 978-4-8137-8193-6 C8293

乱丁·落丁などの不良品はお取り替えいたします。上記出版マーケティンググループまでお問い合わせください。

本書を無断で複写することは、著作権法により禁じられています。

定価はカバーに記載されています。


この物語はフィクションです。

実在の人物、団体等とは一切関係がありません。

〒104-0031　東京都中央区京橋 1-3-1 八重洲口大栄ビル 7F
スターツ出版（株）書籍編集部 気付
＊あいら＊先生
いただいたお便りは編集部から先生におわたしいたします。